中国名家经典集

许地山经典散文集

江晓英◎主编
许地山◎著

中国文史出版社

图书在版编目（CIP）数据

许地山经典散文集/许地山著．—北京：中国文史出版社，2021.1（2023.6 重印）
（中国名家经典集）
ISBN 978-7-5205-2809-2

Ⅰ．①许… Ⅱ．①许… Ⅲ．①散文集－中国－现代 Ⅳ．①I266

中国版本图书馆 CIP 数据核字（2020）第 250698 号

责任编辑：刘 夏
封面设计：周 飞

出版发行：中国文史出版社
社　　址：北京市海淀区西八里庄路 69 号　邮编：100036
电　　话：010-81136606　81136602　81136603（发行部）
传　　真：010-81136655
印　　装：三河市刚利印务有限公司
经　　销：全国新华书店
开　　本：880×1230　1/32
印　　张：56　字数：1200 千字
版　　次：2021 年 3 月北京第 1 版
印　　次：2023 年 6 月第 2 次印刷
定　　价：248.00 元（全 8 册）

前言

中国现代文学的时间跨度大致从1919年五四运动始，到1949年中华人民共和国成立止。从五四新文化运动到1937年抗战爆发为其前半期，从抗战爆发到新中国成立为后半期。

进入20世纪，世界列强把中国变成了半封建半殖民地的国家，民族危机感对20世纪中华民族的文化心理产生了不可估量的影响，以“天下之中”自诩的中华当政者再也撑不下去了。现代与传统、新思潮与旧意识的斗争愈演愈烈。

先是“白话文运动”，接着就是陈独秀和胡适极力倡导的文学现代化。如同打开了闸门的洪水，现代文学以汹涌澎湃之势，义无反顾地冲决一切阻力，不可遏止地成就了一片汪洋。从此，一种崭新的文学形态在深重的危机感和中国古典文学厚重的土壤上诞生了。

进入20世纪20年代，现代文学的影响和实践范围进一步拓展，由泛泛的思想和宣传转化为具体而专门的文学实践。

全国各大城市风起云涌般地出现了种种刊物，报纸也纷纷办起了副刊，有意无意地发表了许多散文、小说、小品等白话文学作品，一时竟蔚成风气，为现代文学开辟了阵地。全国各地也涌现出了许多青年文学社团，造就了一大批卓有建树的现代文学作家。一时间，写散文、写小说、写诗歌、写小品、写剧本，翻译欧、美、日文学作品，出专集、出结集、出选集……蔚为大观。

现代文学的作者们在自己的作品中生动地抒写了自己的禀性、气质、情思、嗜好、习惯、修养、人生经历和人生哲学，生动地表现了自己的思想感情和人格，无情地撕破了道貌岸然的面具，彻底地反对封建主义桎梏，彻底摒弃了为圣人解经、为圣人立言的旧思想、旧传统，字里行间充满了民族觉醒和自我解放，这反映了作者们由封闭型思维体系向开放型思维体系的转化，亦即由自我完善、自我调节、自我延续向面对世界、面对新潮、面对社会人生转化。

当然，各作者的经历不同，其间中西、新旧、激进与保守思想的差异也必然存在。但无论如何，中国现代作家自觉地将文学的内容和形式与时代联系起来，共同地为现代文学规定了明确的目的：文学的创作是这样一种时代的工作，它本身是历史向未来过渡的一个重要部分。而未来，必然是比当时更加美好的、更有希望的。

中国现代文学史上重要的作家中，就有许地山。

许地山（1893—1941），笔名落花生。生于中国台湾，长在福建省。青年时在缅甸生活过，也去过马来半岛。1917 年考入燕京大学，后又去英国牛津大学学宗教考古学，精通梵文。

许地山是文学研究会作家中最奇特的一位，其创作有他人无法替代的文学价值。他的作品有鲜明的宗教色彩，他是位宗教学者，所以他关注“人间问题”往往是从宗教中寻找答案，带有浓厚的宗教哲学的思辨色彩，构成了其作品重要的精神特质。

许地山的作品文字清新，从而掩盖了作品固有的悲剧色彩。他的主导倾向是以出世的精神入世，以弱者的外表蕴含强者的内核，构成了其特有的东方文化哲学精神。

本书选编了许地山的大部分作品，从中可以领略文学大师笔下的迷人风采。

目　录

散　文

小　说

散　文

蜜蜂和农人

雨刚晴，蝶儿没有蓑衣，不敢造次出来，可是瓜棚的四围，已满唱了蜜蜂的工夫诗：

彷彷，徨徨！徨徨，彷彷！
　　生就是这样，徨徨，彷彷！
趁机会把蜜酿。
　　大家帮帮忙；
　　别误了好时光。
彷彷，徨徨！徨徨，彷彷！

蜂虽然这样唱，那底下坐着的三四个农夫却各人担着烟管在那里闲谈。

人的寿命比蜜蜂长，不必像它们那么忙么？未必如此。不过农夫们不懂它们的歌就是了。但农夫们工作时，也会唱的。他们唱的是：

村中鸡一鸣，
　　阳光便上升，
　　太阳上升好插秧。

禾秧要水养，

各人还为踏车忙。

东家莫截西家水，

西家不借东家粮。

各人只为各人忙——

“各人自扫门前雪，

不管他人瓦上霜。”

爱的痛苦

在绿荫月影底下，朗日和风之中，或急雨飘雪的时候，牛先生必要说他的真言，“啊，拉夫斯偏！”他在三百六十日中，少有不说这话的时候。

暮雨要来，带着愁容的云片，急急飞避；不识不知的蜻蜓还在庭园间遨游着。爱诵真言的牛先生闷坐在屋里，从西窗望见隔院的女友田和正抱着小弟弟玩。

姊姊把孩子的手臂咬得吃紧；擘他的两颊；摇他的身体；又掌他的小腿。孩子急得哭了。姊姊才忙忙地拥抱住他，堆着笑说：“乖乖，乖乖，好孩子，好弟弟，不要哭。我疼爱你，我疼爱你！不要哭。”不一会儿，孩子的哭声果然停了。可是弟弟刚现出笑容，姊姊又该咬他，擘他，摇他，掌他咧。

檐前的雨好像珠帘，把牛先生眼中的对象隔住。但方才那种印象，却萦回在他眼中。他把窗户关上，自己一人在屋里踱来踱去。最后，他点点头，笑了一声：“哈，哈！这也是拉夫斯偏！”

他走近书桌子，坐下，提起笔来，像要写什么似的。想了半天，才写上一句七言诗。他念了几遍，就摇头，自己说：“不好，不好。我不会做诗，还是随便记些起来好。”

牛先生将那句诗涂掉以后，就把他的日记拿出来写。那天他要记的事情格外多。日记里应用的空格，他在午饭后，早已填满了。他裁了一张纸，写着：

> 黄昏，大雨。田在西院弄她的弟弟，动起我一个感想，就是：人都喜欢见他们所爱者的愁苦；要想方法教所爱者难受。所爱者越难受，爱者越喜欢，越加爱。
>
> 一切被爱的男子，在他们的女人当中，直如小弟弟在田的膝上一样。他们也是被爱者玩弄的。
>
> 女人的爱最难给，最容易收回去。当她把爱收回去的时候，未必不是一种游戏的冲动；可是苦了别人哪。
>
> 唉，爱玩弄人的女人，你何苦来这一下！愚男子，你的苦恼，又活该呢！

牛先生写完，复看一遍，又把后面那几句涂去，说："写得太过了，太过了！"他把那张纸付贴在日记上，正要起身，老妈子把哭着的孩子抱出来，一面说："姊姊不好，爱欺负人。不要哭，咱们找牛先生去。"

"姊姊打我！"这是孩子所能对牛先生说的话。

牛先生装作可怜的声音、忧郁的容貌，回答说："是么？姊姊打你么？来，我看看打到哪步田地？"

孩子受他的抚慰，也就忘了痛苦，安静过来了。现在吵闹的，只剩下窗外急雨的声音。

暗 途

“我的朋友，且等一等，待我为你点着灯，才走。”

吾威听见他的朋友这样说，便笑道：“哈哈，均哥，你以为我是女人么？女人在夜间走路才要用火；男子，又何必呢？不用张罗，我空手回去吧，——省得以后还要给你送灯回来。”

吾威的村庄和均哥所住的地方隔着几重山，路途崎岖得很厉害。若是夜间要走那条路，无论是谁，都得带灯。所以均哥一定不让他暗中摸索回去。

均哥说：“你还是带灯好。这样的天气，又没有一点月影，在山中，难保没有危险。”

吾威说：“若想起危险，我就回不去了……”

“那么，你今晚上就住在我这里，如何？”

“不，我总得回去，因为我的父亲和妻子都在那边等着我呢。”

“你这个人，太过执拗了。没有灯，怎么去呢？”均哥一面说，一面把点着的灯切切地递给他。他仍是坚持不受。

他说：“若是你定要叫我带着灯走，那教我更不敢走。”

“怎么呢？”

“满山都没有光，若是我提着灯走，也不过是照得三两步远；且要累得满山的昆虫都不安。若凑巧遇见长蛇也冲着火光走来，可又怎办呢？再说，这一点的光可以把那照不着的地方显得越危险，越能使我害怕。在半途中，灯一熄灭，那就更不好办了。不如我空着手走，初时虽觉得有些妨碍，不多一会儿，什么都可以在幽暗中辨别一点。”

他说完，就出门。均哥还把灯提在手里，眼看着他向密林中那条小路穿进去，才摇摇头说：“天下竟有这样的怪人！”

吾威在暗途中走着，耳边虽常听见飞虫、野兽的声音，然而他一点害怕也没有。在蔓草中，时常飞些萤火虫出来，光虽不大，可也够了。他自己说：“这是均哥想不到，也是他所不能为我点的灯。”

那晚上他没有跌倒，也没有遇见毒虫野兽，安然地到他家里。

你为什么不来

在夭桃开透，浓荫欲成的时候，谁不想伴着他心爱的人出去游逛游逛呢？在密云不飞，急雨如注的时候，谁不愿在深闺中等她心爱的人前来细谈呢？

她闷坐在一张睡椅上，紊乱的心思像窗外的雨点——东抛，西织，来回无定。在有意无意之间，又顺手拿起一把九连环慵懒懒地解着。

丫头进来说："小姐，茶点都预备好了。"

她手里还是慵懒懒地解着，口里却发出似答非答的声："……他为什么还不来？"

除窗外的雨声，和她手中轻微的银环声以外，屋里可算静极了！在这幽静的屋里，忽然从窗外伴着雨声送来几句优美的歌曲：

你放声哭，
　　因为我把林中善鸣的鸟笼住么？
你飞不动，
　　因为我把空中的雁射杀么？
你不敢进我的门，
　　因为我家养狗提防客人么？

因为我家养猫捕鼠，
　　你就不来么？
因为我的灯火没有笼罩，
　　烧死许多美丽的昆虫
　　　你就不来么？
你不肯来，
　　因为我有……？

“有什么呢?”她听到末了这句，那紊乱的心就发出这样的问。她心中接着想：“因为我约你，所以你不肯来；还是因为大雨，使你不能来呢?”

难解决的问题

我叫同伴到钓鱼矶去赏荷，他们都不愿意去，剩我自己走着。我走到清佳堂附近，就坐在山前一块石头上歇息。在瞻顾之间，小山后面一阵唧咕的声音夹着蝉声送到我耳边。

谁愿意在优游的天日中故意要找出人家的秘密呢？然而宇宙间的秘密都从无意中得来。所以在那时候，我不离开那里，也不把两耳掩住，任凭那些声浪在耳边荡来荡去。

劈头一听，我便听得："这实在是一个难解决的问题……"

既说是难解决，自然要把怎样难的理由说出来。这理由无论是局内、局外人都爱听的。以前的话能否钻入我耳里，且不用说，单是这一句，使我不能不注意。

山后的人接下去说："在这三位中，你说要哪一位才合适……梅说要等我十年；白说要等到我和别人结婚那一天；区说非嫁我不可，——她要终身等我。"

"那么，你就要区吧。"

"但是梅的景况，我很了解。她的苦衷，我应当原谅。她能为了我牺牲十年的光阴，从她的境遇来看，无论如何，是很可敬的。设使梅居区的地位，她也能说，要终身等我。"

"那么，梅、区都不要，要白如何？"

"白么？也不过是她的环境使她这样达观。设使她处着梅的景况，她也只能等我十年。”

谈话到这里就停了。我的注意只能移到池上，静观那被轻风摇摆的芰荷。呀，叶上的那对小鸳鸯正在那里歇午哪！不晓得它们从前也曾解决过方才的问题没有？不上一分钟，后面的声音又来了。

“那么，三个都要如何？”

“笑话，就是没有理性的兽类也不这样办。”又停了许久。

“不经过那些无用的礼节，各人快活地同过这一辈子不成吗？”

“唔……唔……唔……这是后来的话，且不必提，我们先解决目前的困难吧。我实在不肯故意辜负了三位中的一位。我想用拈阄儿的方法瞎挑一个就得了。”

“这不更是笑话么？人间哪有这么新奇的事！她们三人中谁愿意遵你的命令，这样办呢？”他们大笑起来。

“我们私下先拈一拈，如何？你权当做白，我自己权当做梅，剩下是区的份儿。”

他们由严肃的密语化为滑稽的谈笑了。我怕他们要闹下坡来，不敢逗留在那里，只得先走。钓鱼矶也没去成。

爱就是刑罚

“都什么时候了，还埋头在案上写什么？快同我到海边去走走吧。”

丈夫尽管写着，没站起来，也没抬头对他妻子行个“注目笑”的礼。妻子跑到身边，要抢掉他手里的笔，他才说：“对不起，你自己去吧。船，明天一早就要开，今晚上我得把这几封信赶出来，十点钟还要送到船里的邮箱去。”

“我要人伴着我到海边去。”

“请七姨子陪你去。”

“七妹子说我嫁了，应当和你同行，她和别的同学先去了。我要你同我去。”

“我实在对不起你，今晚不能随你出去。”他们争执了许久，结果还是妻子独自出去。

丈夫低着头忙他的事情，足有四点钟工夫。那时已经十一点了，他没有进去看看那新婚的妻子回来了没有，披起大衣大踏步地出门去。

他回来，还到书房里检点一切，才进入卧房。妻子已先睡了。他们的约法：睡迟的人得亲过先睡者的嘴才许上床。所以这位少年走到床前，依法亲了妻子一下。妻子急用手在唇边来回擦了几下。那意思是表明她不接受这个接吻。

丈夫不敢上床，呆呆地站在一边。一会儿，他走到窗前，两手支着下颔，点点的泪滴在窗棂上。他说："我从来没受过这样的刑罚……你的爱，到底在哪里？"

"你说爱我，方才为什么又刑罚我，使我孤零？"妻子说完随即起来，安慰他说："好人，不要当真，我和你闹着玩哪。爱就是刑罚，我们能免掉么？"

暾将出兮东方

在山中住，总要起得早，因为似醒非醒地眠着，是山中各样的朋友所憎恶的。破晓起来，不但可以静观彩云的变幻；细听鸟语的婉转；有时还从山巅、树表、溪影、村容之中给我们许多不可说的愉快。

我们住在山压檐牙阁里，有一次，在曙光初透的时候，大家还在床上眠着，耳边恍惚听见一队童男女的歌声，唱道：

榻上人，应觉悟！
　　晓鸡频催三两度。
君不见——
　　“暾将出兮东方”，
微光已透前村树？
　　榻上人，应觉悟！

往后又跟着一节和歌：

　　暾将出兮东方！
暾将出兮东方！
　　会见新曦被四表，

使我乐兮无央。

那歌声还接着往下唱，可惜离远了，不能听得明白。

啸虚对我说：“这不是十年前你在学校里教孩子唱的么？怎么会跑到这里唱起来？”

我说：“我也很诧异，因为这首歌，连我自己也早已忘了。”

“你的暮气满面，当然会把这歌忘掉。我看你现在要用赞美光明的声音去赞美黑暗哪。”

我说：“不然，不然。你何尝了解我？本来，黑暗是不足诅咒，光明是无须赞美的。光明不能增益你什么，黑暗不能妨害你什么，你以何因缘而生出差别心来？若说要赞美的话，在早晨就该赞美早晨；在日中就该赞美日中；在黄昏就该赞美黄昏；在长夜就该赞美长夜；在过去、现在、将来一切时间，就该赞美过去、现在、将来一切时间，说到诅咒，亦复如是。”

那时，朝曦已射在我们脸上，我们立即起来，计划那日的游程。

鬼赞

你们曾否在凄凉的月夜听过鬼赞？有一次，我独自在空山里走，除远处寒潭的鱼跃出水声略可听见以外，其余种种，都被月下的冷露幽闭住。我的衣服极其润湿，我两腿也走乏了。正要转回家中，不晓得怎样就经过一区死人的聚落。我因疲极，才坐在一个祭坛上少息。在那里，看见一群幽魂高矮不齐，从各坟墓里出来。他们仿佛没有看见我，都向着我所坐的地方走来。

他们从这墓走过那墓，一排排地走着，前头唱一句，后面应一句，和举行什么巡礼一样。我也不觉得害怕，但静静地坐在一旁，听他们的唱和。

第一排唱："最有福的是谁？"

往下各排挨着次序应。

"是那曾用过视官而今不能辨明暗的。"

"是那曾用过听官而今不能辨声音的。"

"是那曾用过嗅官而今不能辨香味的。"

"是那曾用过味官而今不能辨苦甘的。"

"是那曾用过触官而今不能辨粗细、冷暖的。"

各排应完，全体都唱："那弃绝一切感官的有福了！我们的髑髅有福了！"

第一排的幽魂又唱："我们的髑髅是该赞美的。我们要赞美我们的髑髅。"

领首的唱完，还是挨着次序一排排地应下去。

"我们赞美你，因为你哭的时候，再不流眼泪。"

"我们赞美你，因为你发怒的时候，再不发出紧急的气息。"

"我们赞美你，因为你悲哀的时候再不皱眉。"

"我们赞美你，因为你微笑的时候，再没有嘴唇遮住你的牙齿。"

"我们赞美你，因为你听见赞美的时候，再没有血液在你的脉里颤动。"

"我们赞美你，因为你不肯受时间的拨弄。"

全体又唱："那弃绝一切感官的有福了！我们的髑髅有福了！"

他们把手举起来一同唱：

"人哪，你在当生、来生的时候，有泪就得尽量流；有声就得尽量唱；有苦就得尽量尝；有情就得尽量施；有欲就得尽量取；有事就得尽量成就。等到你疲劳、等到你歇息的时候，你就有福了！"

他们诵完这段，就各自分散。一时，山中睡不熟的云直往下压，远地的丘陵都给埋没了。我险些儿也迷了路途，幸而有断断续续的鱼跃出水声从寒潭那边传来，使我稍微认得归路。

万物之母

这经过离乱的村里，荒屋破篱之间，每日只有几缕零零落落的炊烟冒上来，那人口的稀少可想而知。你一进到无论哪个村里，最喜欢遇见的，是不是村童在阡陌间或园圃中跳来跳去；或走在你的前头，或随着你步后模仿你的行动？村里若没有孩子们，就不成村落了。在这经过离乱的村里，不但没有孩子，而且有人向你要求孩子！

这里住着一个不满三十岁的寡妇，一见人来，便要求说："善心善行的人，求你对那位总爷说，把我的儿子给回。那穿虎纹衣服、戴虎儿帽的便是我的儿子。"

她的儿子被乱兵杀死已经多年了。她从不会忘记：总爷把无情的剑拔出来的时候，那穿虎纹衣服的可怜儿还用双手招着，要她搂抱。她要跑去接的时候，她的精神已和黄昏的霞光一同麻痹而熟睡了。唉，最惨的事岂不是人把寡妇怀里的独生子夺过去，而且在她面前害死吗？要她在醒后把这事完全藏在她记忆的多宝箱里，可以说，比剖芥子来藏须弥还难。

她的屋里排列了许多零碎的东西，当时她儿子玩过的小团也在其中。在黄昏时候，她每把各样东西抱在怀里说："我的儿，母亲岂有不救你，不保护你的？你现在在我怀里咧。不要作声，看一会人来又把你夺去。"可是一过了黄昏，她就立刻醒悟过来，知道那所抱的不是她的儿子。

那天，她又出来找她的“命”。月的光明蒙着她，使她在不知不觉间进入村后的山里。那座山，就是白天也少有人敢进去，何况在盛夏的夜间，杂草把樵人的小径封得那么严！她一点也不害怕，攀着小树，缘着茑萝，慢慢地上去。

她坐在一块大石上歇息，无意中给她听见了一两声的儿啼。她不及判别，便说：“我的儿，你藏在这里么？我来了，不要哭啦。”

她从大石上下来，随着声音的来处，爬入石下一个洞里。但是里面一点东西也没有。她很疲乏，不能再爬出来，就在洞里睡了一夜。

第二天早晨，她醒时，心神还是非常恍惚。她坐在石上，耳边还留着昨晚上的儿啼声，这当然更要动她的心，所以那方从霭云被里攒出来的朝阳无力把她脸上和鼻端的珠露晒干了。她在瞻顾中，才看出对面山岩上坐着一个穿着虎纹衣服的孩子。可是她看错了！那边坐着的，是一只虎子；它的声音从那边送来很像儿啼。她立即离开所坐的地方，不管当中所隔的谷有多么深，尽管攀缘着，向那边去。不幸早露未干，所依附的都很湿滑，一失手，就把她溜到谷底。

她昏了许久才醒回来。小伤总免不了，却还能够走动。她爬着，看见身边暴露了一付小髑髅。

“我的儿，你方才不是还在山上哭着么？怎么你母亲来得迟一点，你就变成这样？”她把髑髅抱住，说，“呀，我的苦命儿，我怎能把你医治呢？”悲苦尽管悲苦，然而，自她丢了孩子以后，不能不算这是她第一次的安慰。

从早晨直到黄昏，她就坐在那里，不但不觉得饿，连水也没喝过。零星几点，已悬在天空，那天就在她的安慰中过去了。

她忽然想起幼年时代，人家告诉她的神话，就立起来说：“我的儿，我抱你上山顶，先为你摘两颗星星下来，嵌入你的眼眶，教你看得见；然后给你找香象的皮肉来补你的身体。可是你不要再哭，恐怕给人听见，又把你夺过去。”

“敬姑，敬姑。”找她的人们在满山中这样叫了好几声，也没有一点回响。

“也许她被那只老虎吃了。”

“不，不对。前晚那只老虎是跑下来捕云哥圈里的牛犊被打死的。如果那东西把敬姑吃了，决不再下山来赴死。我们再进深一点找吧。”

唉，他们的工夫白费了！纵然找着她，若是她还没有把星星抓在手里，她心里怎能平安，怎肯随着他们回来？

春的林野

春光在万山环抱里，更是泄漏得迟。那里的桃花还是开着，漫游的薄云从这峰飞过那峰，有时稍停一会儿，为的是挡住太阳，教地面的花草在它的荫下避避光焰的威吓。

岩下的荫处和山谷的旁边长满了薇蕨和其他凤尾草。红、黄、蓝、紫的小草花点缀在绿茵上头。

天中的云雀，林中的金莺，都鼓起它们的舌簧。轻风把它们的声音挤成一片，分送给山中各样有耳无耳的生物。桃花听得入神，禁不住落了几点粉泪，一片一片凝在地上。小草花听得大醉，也和着声音的节拍一会儿倒、一会儿起，没有镇定的时候。

林下一班孩子正在那里捡桃花的落瓣哪。他们捡着，清儿忽嚷起来，道："嘎，邕邕来了！"众孩子住了手，都向桃林的尽头盼望。果然邕邕也在那里摘草花。

清儿道："我们今天可要试试阿桐的本领了。若是他能办得到，我们都把花瓣穿成一串璎珞围在他身上，封他为大哥如何？"

众人都答应了。

阿桐走到邕邕面前，道："我们正等着你来呢。"

阿桐的左手盘在邕邕的脖上，一面走一面说："今天他们要替你办嫁妆，教你做我的妻子。你能做我的妻子么?”

邕邕狠视了阿桐一下，回头用手推开他，不许他的手再搭在自己脖上。孩子们都笑得支持不住了。

众孩子嚷道：“我们见过邕邕用手推人了！阿桐赢了!”

邕邕从来不会拒绝人，阿桐怎能知道一说那话，就能使她动手呢？是春光的荡漾，把他这种心思泛出来呢？或者，天地之心就是这样呢?

你且看：漫游的薄云还是从这峰飞过那峰。

你且听：云雀和金莺的歌声还布满了空中和林中。在这万山环抱的桃林中，除那班爱闹的孩子以外，万物把春光领略得心眼都迷蒙了。

花香雾气中的梦

在覆茅涂泥的山居里，那阻不住的花香和雾气从疏帘窜进来，直扑到一对梦人身上。妻子把丈夫摇醒，说：“快起吧，我们的被褥快湿透了。怪不得我总觉得冷，原来太阳被囚在浓雾的监狱里不能出来。”

那梦中的男子，心里自有他的温暖，身外的冷与不冷他毫不介意。他没有睁开眼睛便说：“嗳呀，好香！许是你桌上的素馨露洒了吧？”

“哪里？你还在梦中哪。你且睁眼看帘外的光景。”

他果然揉了眼睛，拥着被坐起来，对妻子说：“怪不得我净梦见一群女子在微雨中游戏。若是你不叫醒我，我还要往下梦哪。”

妻子也拥着她的绒被坐起来说：“我也有梦。”

“快说给我听。”

“我梦见把你丢了。我自己一人在这山中遍处找寻你，怎么也找不着。我越过山后，只见一个美丽的女郎挽着一篮珠子向各树的花叶上头乱撒。我上前去向她问你的下落，她笑着问我：‘他是谁，找他干什么？’我当然回答，他是我的丈夫，——”

“原来你在梦中也记得他！”他笑着说这话，那双眼睛还显出很滑稽的样子。

妻子不喜欢了。她转过脸背着丈夫说：“你说什么话！你老是要挑剔人家的话语，我不往下说了。”她推开绒被，随即呼唤丫头预备洗脸水。

丈夫速把她揪住，央求说：“好人，我再不敢了。你往下说吧。以后若再饶舌，情愿挨罚。”

“谁希罕罚你？”妻子把这次的和平画押了，她往下说，“那女人对我说，你在山前柚花林里藏着。我那时又像把你忘了……”

“哦，你又……不，我应许过不再说什么的，不然，我就要挨罚了。你到底找着我没有？”

“我没有向前走，只站在一边看她撒珠子。说来也很奇怪：那些珠子黏在各花叶上都变成五彩的零露，连我的身体也沾满了。我忍不住，就问那女郎。女郎说：‘东西还是一样，没有变化，因为你的心思前后不同，所以觉得变了。你认为珠子，是在我撒手之前，因为你想我这篮子绝不能盛得露水。你认为露珠时，在我撒手之后，因为你想那些花叶不能留住珠子。我告诉你：你所认的不在东西，乃在使用东西的人和时间；你所爱的不在体质，乃在体质所表的情。你怎样爱月呢？是爱那悬在空中已经老死的暗球么？你怎样爱雪呢？是爱它那种砭人肌骨的凛冽么？她一说到雪，我打了一个寒噤，便醒了。”

丈夫说：“到底没有找着我。”

妻子一把抓住他的头发，笑说：“这不是找着了吗……我说，这梦怎样？”

“凡你所梦都是好的。那女郎的话也是不错。我们最愉快的时候岂不是在接吻后，彼此的凝视吗？”他向妻子痴笑，妻子把绒被拿起来，盖在他头上，说：“恶鬼！这会可不让你有第二次的凝视了。”

荼 蘼

我常得着男子送给我的东西，总没有当它们做宝贝看。我的朋友师松却不如此，因为她从不曾受过男子的赠予。

自鸣钟敲过四下以后，山上礼拜寺的聚会就完了。男男女女像出圈的羊，争着要下到山坡觅食一般。那边有一个男学生跟着我们走，他的真名字我忘记了。我只记得人家都叫他做“宗之”。他手里拿着一枝荼蘼，且行且嗅。荼蘼本不是香花，他嗅着，不过是一种无聊举动罢了。

“松姑娘，这枝荼蘼送给你。”他在我们后面嚷着。松姑娘回头看见他满脸堆着笑容递着那花，就速速伸手去接。她接着说：“多谢，多谢。”宗之只笑着点点头，随即从西边的山径转回家去。

“他给我这个，是什么意思?”

“你想他有什么意思，他就有什么意思。”我这样回答她。走不多远，我们也分途各自家去了。

她自下午到晚上摆弄那枝荼蘼。那花像有极大的魔力，不让她撒手一样。她要放下时，总觉得花儿对她说：“为什么离开我？我不是从宗之手里递给你，交你照管的吗?”

呀，宗之的眼、鼻、口、齿、手、足、动作，没有一件不在花心跳跃着，没有一件不在她眼前的花枝显现出来！她心里说："你这美男子，为甚缘故送给我这花儿？"她又想起那天经坛上的讲章，就自己回答说："因为他顾念他使女的卑微，从今而后，万代要称我为有福。"

这是她爱荼蘼花，还是宗之爱她呢？我也说不清，只记得有一天我和宗之正坐在榕树根谈话的时候，他家的人跑来对他说："松姑娘吃了一朵什么花，说是你给她的。现在病了。她家的人要找你去问话咧。"

他吓了一跳，也摸不着头脑，只说："我哪时节给她东西吃？这真是……！"

我说："你细想一想。"他怎么也想不起来。我才提醒他说："你前个月在斜道上不是给了她一朵荼蘼吗？"

"对呀，可不是给了她一朵荼蘼！可是我哪里教她吃了呢？"

"为什么你单给她，不给别人？"我这样问他。

他很直截地说："我并没有什么意思，不过随手摘下，随手送给别人就是了。我平素送了许多东西给人，也没有什么事；怎么一朵小小的荼蘼就可使她着了魔？"

他还坐在那里沉吟，我便催促他说："你还能在这里坐着么？不管她是误会，你是有意，你既然给了她，现在就得去看一看她才是。"

"我哪有什么意思？"

我说："你且去看看吧。蚌蛤何尝立志要生珠子呢？也不过是外间的沙粒偶然渗入它的壳里，它就不得不用尽工夫分泌些黏液把那小沙裹起来罢了。你虽无心，可是你的花一到她手里，管保她不因花而爱起你来吗？你敢保她不把那花当做你所赐给爱的标识，就纳入她的怀中，用心里无限的情思把它围绕得非常严密吗？也许她本无心，但因你那美意的沙无意中掉在她爱的贝壳里，使她不得不如此。不用踌躇了，且去看看吧。”

宗之这才站起来，皱一皱他那双冷竣的眉头，跟着来人从林菁的深处走出去了。

银翎的使命

黄先生约我到狮子山麓阴湿的地方去找捕蝇草。那时刚过梅雨之期，远地青山还被烟霞蒸着，唯有几朵山花在我们眼前淡定地看那在溪涧里逆行的鱼儿喋着它们的残瓣。

我们沿着溪涧走。正在寻找的时候，就看见一朵大白花从上游顺流而下。我说：“这时候，哪有偌大的白荷花流着呢？”

我的朋友说：“你这近视鬼！你准看出那是白荷花么？我看那是……”

说时迟，来时快，那白的东西已经流到我们跟前。黄先生急忙把采集网拦住水面，那时，我才看出是一只鸽子。他从网里把那死的飞禽取出来，诧异说：“是谁那么不仔细，把人家的传书鸽打死了！”他说时，从鸽翼下取出一封长的小信来。那信已被水浸透了，我们慢慢把它展开，披在一块石上。

“我们先看看这是从哪里来的，要寄到哪里去的，然后给它寄去，如何？”我一面说，一面看着，但那上头不但地址没有，甚至上下的款识也没有。

黄先生说：“我们先看看里头写的是什么，不必讲私德了。”

我笑着说：“是，没有名字的信就是公的，所以我们也可以披阅一遍。”

于是我们一同念着：

你教崑儿带银翎、翠翼来，吩咐我，若是它们空着回去，就是我还平安的意思。我恐怕他知道，把这两只小宝贝寄在霞妹那里，谁知道前天她开笼搁饲料的时候，不提防把翠翼放走了！

嗳，爱者，你看翠翼没有带信回去，定然很安心，以为还平安无事。我也很盼望你常想着我的精神和去年一样。不过，现在不能不对你说的，就是过几天人就要把我接去了！我不得不叫你速速来和他计较。你一来，什么事都好办了。因为他怕的是你和他讲理。

嗳，爱者，你见信以后，必得前来，不然，就见我不着，以后只能在累累荒冢中读我的名字了，这不是我不等你，时间不让我等你哟！

我盼望银翎平平安安地带着它的使命回去。

我们念完，黄先生说："这是怎么一回事？"

"谁能猜呢？反正是不幸的事罢了。现在要紧的，就是怎样处置这封信。我想把它贴在树上，也许有知道这事的人经过这里，可以把它带去。"我摇着头，且轻轻地把信揭起。

黄先生说："不如拿到村里去打听一下，或者容易找到一点线索。"

我们商量之下，就另抄一张起来，仍把原信系在鸽翼底下。黄先生用采掘锹子在溪边挖了一个小坑，把鸽子葬在里头，回头为它立了一座小碑，且从水中淘出几块美丽的小石压在墓上。那墓就在山花盛开的地方，我一翻身，就把些花瓣摇下来，也落在这使者的墓上。

美的牢狱

嫞求正在镜台边理她的晨妆，见她的丈夫从远地回来，就把头拢住，问道：“我所需要的你都给带回来了没有？”

“对不起！你虽是一个建筑师或泥水匠，能为你自己建筑一座‘美的牢狱’，我却不是一个转运者，不能为你搬运等等材料。”

“你念书不是念得越糊涂，便是越高深了！怎么你的话，我一点也听不懂？”

丈夫含笑说：“不懂么？我知道你开口爱美，闭口爱美，多方地要求我给你带某某装饰回来；我想那些东西都围绕在你的体外，合起来，岂不是成为一座监禁你的牢狱吗？”

她静默了许久，也不作声。她的丈夫往下说：“妻呀，我想你还不明白我的意思。我想所有美丽的东西，只能让它们散布在各处，我们只能在它们的出处爱它们；若是把它们聚拢起来，搁在一处，或在身上，那就不美了……”

她睁着那双柔媚的眼，摇着头说：“你说得不对，你说得不对。若不剖蚌，怎能得着珠玑呢？若不开山，怎能得着金刚、玉石、玛瑙等等宝物呢？而且那些东西，本来不美，必得人把它们琢磨出来，加以装饰，才能显得美丽咧。若说我要装饰，就是建筑一所美的牢狱，且把自己监在里头，且问谁不被监在这种牢狱里头呢？如果世间真有美的牢狱，像你所说，那么，我们不过是造成那牢狱的一沙一石罢了。”

“我的意思就是听其自然，连这一沙一石也无须留存。孔雀何为自己修饰羽毛呢？芰荷何尝把它的花染红了呢？”

“所以说它们没有美感！我告诉你，你自己也早已把你的牢狱建筑好了。”

“胡说！我何曾？”

“你心中不是有许多好的想象；不是要照你的好理想去行事么？你所有的，是不是从古人曾经建筑过的牢狱里捡出其中的残片？或是在自己的世界取出来的材料呢？自然要加上一点人为才能有意思。若是我的形状和荒古时候的人一样，你还爱我吗？我敢说，你若不好好地住在你的牢狱里头，且不时时把牢狱的墙垣垒得高高的，我也不能爱你。”

刚愎的男子，你何尝佩服女子的话？你不过会说：“就是你会说话！等我思想一会儿，再与你决战。”

补破衣的老妇人

她坐在檐前，微微的雨丝飘摇下来，多半聚在她脸庞的皱纹上头。她一点也不理会，尽管收拾她的筐子。

在她的筐子里有很美丽的零剪绸缎；也有很粗陋的麻头、布尾。她从没有理会雨丝在她头、面、身体之上乱扑，只提防着筐里那些好看的材料沾湿了。

那边来了两个小弟兄，也许他们是学校回来。小弟弟管叫她做“衣服的外科医生”，现在见她坐在檐前，就叫了一声。

她抬起头来，望着这两个孩子笑了一笑。那脸上的皱纹虽皱得更厉害，然而生的痛苦可以从那里挤出许多，更能表明她是一个享乐天年的老婆子。

小弟弟说：“医生，你只用筐里的材料在别人的衣服上，怎么自己的衣服却不管了？你看你肩膀补的那一块又该掉下来了。”

老婆子摩一摩自己的肩膀，果然随手取下一块小方布来。她笑着对小弟弟说：“你的眼睛实在精明！我这块原没有用线缝住，因为早晨忙着要出来，只用浆子暂时糊着，盼望晚上回去弥补，不提防雨丝替我揭起来了……这揭得也不错。我，既如你所说，是一个衣服的外科医生，那么，我是不怕自己的衣服害病的。”

她仍整理筐里的零剪绸缎，没理会雨丝零落在她身上。

哥哥说："我看爸爸的手册里夹着许多的零碎文件，他也是像你一样：不时地翻来翻去。他……"

弟弟插嘴说："他也是另一样的外科医生。"

老婆子把眼光射在他们身上，说："哥儿们，你们说得对了。你们的爸爸爱惜小册里的零碎文件，也和我爱惜筐里的零剪绸缎一般。他凑合多少地方的好意思，等用得着时，就把他们编连起来，成为一种新的理解。所不同的，就是他用的头脑；我用的只是指头便了。你们叫他做……"

说到这里，父亲从里面出来，问起事由，便点头说："老婆子，你的话很中肯。我们所为，原就和你一样，东搜西罗，无非是些绸头、布尾，只配用来补补破衲袄罢了。"

父亲说完，就下了石阶，要在微雨中到葡萄园里，看看他的葡萄长芽了没有。这里孩子们还和老婆子争论着要号他们的爸爸做什么样医生。

光的死

光离开他的母亲去到无量无边一切生命的世界上。因为他走的时候脸上常带着很忧郁的容貌，所以一切能思维、能造作的灵体也和他表同情，一见他，都低着头容他走过去，甚至带着泪眼避开他。

光因此更烦闷了。他走得越远，力量越不足，最后，他躺下了。他躺下的地方，正在这块大地。在他旁边有几位聪明的天文家互相议论说："太阳的光，快要无所附丽了，因为他冷死的时期一天近似一天了。"

光垂着头，低声诉说："唉，诸大智者，你们为何净在我母亲和我身上担忧？你们岂不明白我是为饶益你们而来么？你们从没有在我面前做过我曾为你们做的事。你们没有接纳我，也没有……"

他母亲在很远的地方，见他躺在那里叹息，就叫他回去说："我的命儿，我所爱的，你回来吧。我一天一天任你自由地离开我，原是为众生的益处，他们既不承受，你何妨回来？"

光回答说："母亲，我不能回去了。因为我走遍了一切世界，遇见一切能思维、能造作的灵体，到现在还没有一句话能够对你回报的。不但如此，这里还有人正咒诅我们哪！我哪有面目回去呢？我就安息在这里吧。”

他的母亲听见这话，一种幽沉的颜色早已现在脸上。他从地上慢慢走到海边，带着自己的身体、威力，一分一厘地浸入水里。母亲也跟着晕过去了。

再　会

靠窗棂坐着的那位老人家是一位航海者，刚从海外归来。他和萧老太太是少年时代的朋友，彼此虽别离了那么些年，然而他们会面时，直像忘了当中经过的日子。现在他们正谈起少年时代的旧话。

“蔚明哥，你不是二十岁的时候出海的么？”她屈着自己的指头，数了一数，才用那双被阅历染浊了的眼睛看着她的朋友说，“呀，四十五年就像我现在数着指头一样地过去了！”

老人家把手捋一捋胡子，很得意地说：“可不是……记得我到你家辞行那一天，你正在园里饲你那只小鹿，我站在你身边一棵正开着花的枇杷树下，花香和你头上的油香杂窜入我的鼻中。当时，我的别绪也不晓得要从哪里说起，但你只低头抚着小鹿。我想你那时也不能多说什么，你竟然先问一句：‘要等到什么时候我们再能相见呢？’我就慢答道：‘无须多少时候。’那时，你……”

老太太接着说：“那时候的光景我也记得很清楚。当你说这句的时候，我不是说‘要等再相见时，除非是黑墨有洗得白的时节’。哈哈！你去时，那缕漆黑的头发现在岂不是已被海水洗白了么？”

老人家摩摩自己的头顶，说：“对啦！这也算应验哪！可惜我见不着芳哥，他过去多少年了？”

"唉，久了！你看我已经抱过四个孙儿了。"她说时，看着窗外几个孩子在瓜棚下玩，就指着那最高的孩子说，"你看鼎儿已经十二岁了，他公公就在他弥月后去世的。"

他们谈话时，丫头端了一盘牡蛎煎饼来。老太太举手让着蔚明哥说："我定知道你的嗜好还没有改变，所以特地为你做这东西。你记得我们少时，你母亲有一天做这样的饼给我们吃。你拿一块，吃完了才嫌饼里的牡蛎少，助料也不及我的多，闹着要把我的饼抢去。当时，你母亲说了一句话，教我常常忆起，就是：'好孩子，算了罢。助料都是搁在一起渗匀的。做的时候，谁有工夫把分量细细去分配呢？这自然是免不了有些多，有些少的，只要饼的气味好就够了。你所吃的原不定就是为你做的，可是你已经吃过，就不能再要了。'蔚明哥，你说末了这话多么感动我呢！拿这个来比我们的境遇吧：境遇虽然一个一个排列在面前，容我们有机会选择，有人选得好，有人选得歹，可是选定以后，就不能再选了。"

老人家拿起饼来吃，慢慢地说："对啦！你看我这一生净在海面生活，生活极其简单，不像你这么繁复，然而我还是像当时吃那饼一样——也就饱了。"

"我想我老是多得便宜。我的'境遇的饼'虽然多一些助料，也许好吃一些，但是我的饱足是和你一样的。"

谈旧事是多么开心的事！看这光景，他们像要把少年时代的事迹一一回溯一遍似的。但外面的孩子们不晓得因什么事闹起来，老太太先出去做判官；这里留着一位矍铄的航海者静静地坐着吃他的饼。

桥　边

我们住的地方就在桃溪溪畔。夹岸遍是桃林，桃实、桃叶映入水中，更显出溪边的静谧。真想不出仓皇出走的人还能享受这明媚的景色！我们日日在林下游玩。有时踱过溪桥，到朋友的蔗园里找新生的甘蔗吃。

这一天，我们又要到蔗园去，刚踱过桥，便见阿芳——蔗园的小主人——很忧郁地坐在桥下。

“阿芳哥，起来领我们到你园里去。”他举起头来，望了我们一眼，也没有说什么。

我哥哥说：“阿芳，你不是说你一到水边就把一切的烦闷都洗掉了吗？你不是说你是水边的蜻蜓么？你看歇在水荭花上的那只蜻蜓比你怎样？”

“不错。然而今天就是我第一次的忧闷。”

我们都下到岸边，围绕住他，要打听这回事。他说：“方才红儿掉在水里了！”红儿是他的腹婚妻，天天都和他在一块儿玩的。我们听了他这话，都惊讶得很。哥哥说：“那么，你还能在这里闷坐着吗？还不赶紧去叫人来？”

“我一回去，我妈心里的忧郁怕也要一颗一颗地结出来，像桃实一样了。我宁可独自在此忧伤，不忍使我妈妈知道。”

我的哥哥不等说完，一股气就跑到红儿家里。这里阿芳还在皱着眉头，我也眼巴巴地望着他，一声也不响。

“谁掉在水里啦?”

我一听，是红儿的声音，速回头一望，果然哥哥携着红儿来了！她笑眯眯地走到芳哥跟前，芳哥很惊讶地望着她。很久，他才出声说：“你的话不灵了么？方才我贪着要到水边看看我的影儿，把它搁在树桠上，不留神轻风一摇，把它摇落水里。它随着流水往下流去；我回头要抱它，它已不在了。”

红儿才知道掉在水里的是她所赠予的小団。她曾对阿芳说那小団也叫红儿，若是把它丢了，便是丢了她。所以芳哥这么谨慎看护着。

芳哥实在以红儿所说的话是千真万确的，看今天的光景，可就教他怀疑了。他说：“哦，你的话也是不准的！我这时才知道丢了你的东西不算丢了你，真把你丢了才算。”

我哥哥对红儿说：“无意的话倒能教人深信，芳哥对你的信念，头一次就在无意中给你打破了。”

红儿也不着急，只优游地说：“信念算什么？要真相知才有用哪……也好，我借着这个就知道他了。我们还是到蔗园去吧。”

我们一同到蔗园去，芳哥方才的忧郁也和糖汁一同吞下去了。

头发

这村里的大道今天忽然点缀了许多好看的树叶，一直达到村外的麻栗林边。村里的人，男男女女都穿得很整齐，像举行什么大节期一样，但六月间没有重要的节期，婚礼也用不着这么张罗，到底是为甚事？

那边的男子们都唱着他们的歌，女子也都和着。我只静静地站在一边看。

一队兵押着一个壮年的比丘从大道那头进前，村里的人见他来了，歌唱得更大声。妇人们都把头发披下来，争着跪在道旁，把头发铺在道中。从远处一望，真像整匹的黑缎摊在那里。那位比丘从容地从众女人的头发上走过。后面的男子们都嚷着："可赞美的孔雀旗呀！"

他们这一嚷就把我提醒了。这不提倡自治的孟法师入狱的日子吗？我心里这样猜，等到他离村里的大道远了，才转过篱笆的西边。刚一拐弯，便遇着一个少女摩着自己的头发，很懊恼地站在那里。我问她说："小姑娘，你站在此地，为你们的大师伤心么？"

"固然。但是我还咒诅我的头发为什么偏生短了，不能摊在地上，教大师脚下的尘土留下些在上头。你说今日村里的众女子，哪一个不比我荣幸呢？"

“这有什么荣幸？若你有心恭敬你的国土和你的大师就够了。”

“咦！光藏在心里的恭敬是不够的。”

“那么，等他出狱的时候，你的头发就够长了。”

女孩子听了，非常喜欢，至于跳起来说：“得先生这一祝福，我的头发在那时定能比别人长些。多谢了！”

她跳着从篱笆对面的流连子园去了。我从西边一直走，到那麻栗林边。那里的土很湿，大师的脚印和兵士的鞋印在上头印得很分明。

疲倦的母亲

那边一个孩子靠近车窗坐着，远山，近水，一幅一幅，次第嵌入窗户，射到他的眼中。他手画着，口中还咿咿呀呀地唱些没字曲。

在他身边坐着一个中年妇人，低着头瞌睡。孩子转过脸来，摇了她几下，说："妈妈，你看看，外面那座山很像我家门前的呢。"

母亲举起头来，把眼略睁一睁，没有出声，又支着颌睡去。

过一会，孩子又摇她，说："妈妈，不要睡吧，看睡出病来了。你且睁一睁眼看看外面八哥和牛打架呢。"

母亲把眼略略睁开，轻轻打了孩子一下，没有作声，支着头又睡去。

孩子鼓着腮，很不高兴。但过一会，他又唱起来了。

"妈妈，听我唱歌吧。"孩子对着她说，又摇她几下。

母亲带着不喜欢的样子说："你闹什么？我都见过，都听过，都知道了。你不知道我很疲乏，不容我歇一下么？"

孩子说："我们是一起出来的，怎么我还顶精神，你就疲乏起来？难道大人不如孩子么？"

车还在深林平畴之间穿行着。车中的人，除那孩子和一二个旅客以外，少有不像他母亲那么酣睡的。

处女的恐怖

深沉院落，静到极地。虽然我的脚步走在细草之上，还能惊动那伏在绿丛里的蜻蜓。我每次来到庭前，不是听见投壶的音响，便是闻得四弦的颤动；今天，连窗上铁马的轻撞声也没有了！

我心里想着这时候小坡必定在里头和人下围棋，于是轻轻走着，也不声张，就进入屋里。出乎主人的意想，跑去站在他后头，等他蓦然发觉，岂不是很有趣？但我轻揭帘子进去时，并不见小坡，只见他的妹子伏在书案上假寐。我更不好声张，还从原处蹑出来。

走不远，方才被惊的蜻蜓就用那碧玉琢成的一千只眼瞧着我。一见我来，它又鼓起云母的翅膀飞得飒飒作响。可是破沉寂的，还是屋里大踏大步的声音。我心知道小坡的妹子醒了，看见院里有客，紧紧要回避，所以不敢回头观望，让她安然走入内衙。

“四爷，四爷，我们太爷请你进来坐。”我听得是玉笙的声音，回头便说：“我已经进去了，太爷不在屋里。”

“太爷随即出来，请到屋里一候。”她揭开帘子让我进去。果然她的妹子不在了！丫头刚走到衙内院子的光景，便有一股柔和而带笑的声音送到我耳边说：“外面伺候的人一个也没有，好在是西衙的四爷，若是生客，教人怎样进退？”

“来的无论生熟，都是朋友，又怕什么？”我认得这是玉笙回答她小姐的话语。

“女子怎能不怕男人，敢独自一人和他们应酬么？”

“我又何尝不是女子？你不怕，也就没有什么。”

我才知道她并不曾睡去，不过回避不及，装成那样的。我走近案边，看见一把画未成的纨扇搁在上头。正要坐下，小坡便进来了。

“老四，失迎了。金妹跑进去，才知道你来。”

“岂敢，岂敢。请原谅我的莽撞。”我拿起纨扇问道，“这是令妹写的？”

“是。她方才就在这里写画。笔法有什么缺点，还求指教。”

“指教倒不敢，总之，这把扇是我捡得的，是没有主的，我要带它回去。”我摇着扇子这样说。

“这不是我的东西，不干我事。我叫她出来与你当面交涉。”小坡笑着向帘子那边叫，“九妹，老四要把你的扇子拿去了！”

他妹子从里面出来，我忙趋前几步——陪笑，行礼。我说：“请饶恕我方才的唐突。”她没作声，尽管笑着。我接着说：“令兄应许把这扇送给我了。”

小坡抢着说：“不！我只说你们可以直接交涉。”

她还是笑着，没有作声。

我说：“请九姑娘就案一挥，把这画完成了，我好立刻带走。”

但她仍不作声。她哥哥不耐烦，促她说：“到底是允许人家是不允许，尽管说，害什么怕?”妹妹扫了他一眼，说：“人家就是这么害怕。”她对我说：“这是不成东西的，若是要，我改天再奉上。”

我速速说：“够了，我不要更好的了。你既然应许，就将这一把赐给我罢。”于是她仍旧坐在案边，用丹青来染那纨扇。我们都在一边看她运笔。小坡笑着对妹子说：“现在可怕人了。”

“当然。”她含笑对着哥哥。自这声音发出以后，屋里、庭外都非常沉寂；窗前也没有铁马的轻撞声。所能听见的只有画笔在笔洗里拨水的微声，和颜色在扇上的运行声。

我　想

我想什么？

我心里本有一条达到极乐园地的路，从前被那女人走过的。现在那人不在了，这条路不但是荒芜，并且被野草、闲花、棘枝、绕藤占据得找不出来了！

我许久就想着这条路，不单是开给她走的，她不在，我岂不能独自来往？

但是野草、闲花这样美丽、香甜，我怎舍得把它们去掉呢？棘枝、绕藤又那样横逆、蔓延，我手里又没有器械，怎敢惹它们呢？我想独自在那路上徘徊，总没有实行的日子。

日子一久，我连那条路的方向也忘了。我只能日日跑到路口那个小池的岸边静坐，在那里怅望和沉思那草掩藤封的道途。

狂风一吹，野花乱坠，池中锦鱼道是好饵来了，争着上来唼喋。我所想的，也浮在水面被鱼喋入口里，复幻成泡沫吐出来，仍旧浮回空中。

鱼还是活活泼泼地游；路又不肯自己开了；我更不能把所想的撇在一边。呀！

我定睛望着上下游泳的锦鱼，我的回想也随着上下游荡。

呀，女人！你现在成为我“记忆的池”中的锦鱼了。你有时浮上来，使我得以看见你；有时沉下去，使我费神猜想你是在某片落叶下，或某块沙石之间。

但是那条路的方向我早忘了，我只能每日坐在池边，盼望你能从水中浮上来。

公理战胜

那晚上要举行战胜纪念第一次的典礼，不曾尝过战苦的人们争着要尝一尝战后的甘味。式场前头的人，未到七点钟，早就挤满了。

那边一个声音说：“你也来了！你可是为庆贺公理战胜来的?”这边随着回答道：“我只来瞧热闹，管他公理战胜不战胜。”

在我耳边恍惚有一个说话带乡下土腔的说：“一个洋皇上生日倒比什么都热闹！”

我的朋友笑了。

我郑重地对他说：“你听这愚拙的话，倒很入理。”

“我也信——若说战神是洋皇帝的话。”

人声、乐声、枪声和等等杂响混在一处，几乎把我们的耳鼓震裂了。我的朋友说：“你看，那边预备放烟花了，我们过去看看吧。”

我们远远站着，看那红、黄、蓝、白诸色火花次第地冒上来。“这真好，这真好！”许多人都是这样颂扬。但这是不是颂扬公理战胜？

旁边有一个人说：“你这灿烂的烟花，何尝不是地狱的火焰？若是真有个地狱，我想其中的火焰也是这般好看。”

我的朋友低声对我说：“对呀，这烟花岂不是从纪念战死的人而来的？战死的苦我们没有尝到，由战死而显出来的地狱火焰我们倒看见了。”

我说：“所以我们今晚的来，不是要趁热闹，乃是要凭吊那班愚昧可怜的牺牲者。”

谈论尽管谈论，烟花还是一样地放。我们的声音常是沦没在沸腾的人海里。

落花生

我们屋后有半亩隙地。母亲说："让它荒芜着怪可惜，既然你们那么爱吃花生，就辟来做花生园吧。"我们几姊弟和几个小丫头都很喜欢——买种的买种，动土的动土，灌园的灌园。过不了几个月，居然收获了！

妈妈说："今晚我们可以做一个收获节，也请你们爹爹来尝尝我们的新花生，如何？"我们都答应了。母亲把花生做成好几样的食品，还吩咐这节期要在园里的茅亭举行。

那晚上的天色不大好，可是爹爹也到来，实在很难得！爹爹说："你们爱吃花生么？"

我们都争着答应："爱！"

"谁能把花生的好处说出来？"

姊姊说："花生的气味很美。"

哥哥说："花生可以制油。"

我说："无论何等人都可以用贱价买它来吃，都喜欢吃它。这就是它的好处。"

爹爹说："花生的用处固然很多，但有一样是很可贵的。这小小的豆不像那好看的苹果、桃子、石榴，把它们的果实悬在枝上，鲜红嫩绿的颜色，令人一望而发生羡慕的心。它只把果子埋在地底，等到成熟，才容人把它挖出来。你们偶然看见一棵花生瑟缩地长在地上，不能立刻辨出它有没有果实，非得等到你接触它才能知道。”

我们都说：“是的。”母亲也点点头。爹爹接下去说：“所以你们要像花生，因为它是有用的，不是伟大、好看的东西。”我说：“那么，人要做有用的人，不要做伟大、体面的人了。”爹爹说：“这是我对于你们的希望。”

我们谈到夜阑才散，所有花生食品虽然没有了，然而父亲的话现在还印在我心版上。

别 话

素辉病得很重，离她停息的时候不过十二个时辰了。她丈夫坐在一边，一手支颐，一手把着病人的手臂，宁静而恳挚的眼光都注在他妻子的面上。

黄昏的微光一分一分地消失，幸而房里都是白的东西，眼睛不至于失了它们的辨别力。屋里的静默，早已布满了死的气色，看护妇又不进来，她的脚步声只在门外轻轻地跳过去，好像告诉屋里的人说："生命的步履不往这里来，离这里渐次远了。"

强烈的电光忽然从玻璃泡里的金丝发出来。光的浪把那病人的眼睑冲开。丈夫见她这样，就回复他的希望，恳挚地说："你——你醒过来了！"

素辉好像没有听见这话，眼望着他，只说别的。她说："嗳，珠儿的父亲，在这时候，你为什么不带她来见见我？"

"明天带她来。"

屋里又沉默了许久。

"珠儿的父亲哪，因为我身体软弱、多病的缘故，教你牺牲许多光阴来看顾我，还阻碍你许多比服侍我更要紧的事。我实在对你不起。我的身体实不容我……"

"不要紧的，服侍你也是我应当做的事。"

她笑，但白的被窝中所显出来的笑容并不是欢乐的标识。她说："我很对不住你，因为我不曾为我们生下一个男儿。"

"哪里的话！女孩子更好。我爱女的。"

凄凉中的喜悦把素辉身中预备要走的魂拥回来。她的精神似乎比前强些，一听丈夫那么说，就接着道："女的本不足爱：你看许多人——连你——为女人惹下多少烦恼……不过是——人要懂得怎样爱女人，才能懂得怎样爱智慧。不会爱或拒绝爱女人的，纵然他没有烦恼，他是万灵中最愚蠢的人。珠儿的父亲，珠儿的父亲哪，你佩服这话么？"

这时，就是我们——旁边的人——也不能为珠儿的父亲想出一句答辞。

"我离开你以后，切不要因为我就一辈子过那鳏夫的生活。你不要为我的缘故，依我方才的话爱别的女人。"她说到这里把那只几乎动不得的右手举起来，向枕边摸索。

"你要什么？我替你找。"

"戒指。"

丈夫把她的手扶下来，轻轻在她枕边摸出一支玉戒指来递给她。

"珠儿的父亲，这戒指虽不是我们订婚用的，却是你给我的。你可以存起来，以后再给珠儿的母亲，表明我和她的连属。除此以外，不要把我的东西给她，恐怕你要当她是我；不要把我们的旧话说给她听，恐怕她要因你的话就生出差别心，说你爱死的妇人甚于爱生的妻子。"她把戒指轻轻地套在丈夫左手的无名指上。丈夫随着扶她的手与他的唇边略一接触。妻子对于这番厚意，只用微微睁开的眼睛看着他。除掉这样的回报，她实在不能表现什么。

丈夫说："我应当为你做的事，都对你说过了。我再说一句，无论如何，我永久爱你。"

"咦，再过几时，你就要把我的尸体扔在荒野中了！虽然我不常住在我的身体内，可是人一离开，再等到什么时候，在什么地方才能互通我们恋爱的消息呢？若说我们将要住在天堂的话，我想我也永无再遇见你的日子，因为我们的天堂不一样。你所要住的，必不是我现在要去的。何况我还不配住在天堂？我虽不信你的神，我可信你所信的真理。纵然真理有能力，也不为我们这小小的缘故就永远把我们结在一块。珍重罢，不要爱我于离别之后。"

丈夫既不能说什么话，屋里只可让死的静寂占有了。楼底下恍惚敲了七下自鸣钟。他为尊重医院的规则，就立起来，握着素辉的手说："我的命，再见罢，七点钟了。"

"你不要走，我还和你谈话。"

"明天我早一点来，你累了，歇歇罢。"

"你总不听我的话。"她把眼睛闭了，显出很不愿意的样子。丈夫无奈，又停住片时，但她实在累了，只管躺着，也没有什么话说。

丈夫轻轻蹑出去。一到楼口，那脚步又退后走，不肯下去。他又蹑回来，悄悄到素辉床边，见她显着昏睡的形态。枯涩的泪点滴不下来，只挂在眼睑之间。

爱流汐涨

月儿的步履已踏过嵇家的东墙了。孩子在院里已等了许久，一看见上半弧的光刚射过墙头，便忙忙跑到屋里叫道："爹爹，月儿上来了，出来给我燃香罢。"

屋里坐着一个中年的男子，他的心负了无量的愁闷。外面的月亮虽然还像去年那么圆满，那么光明，可是他对于月亮的情绪就大不如去年了。当孩子进来叫他的时候，他就起来，勉强回答说："宝璜，今晚上不必拜月，我们到院里对着月光吃些果品，回头再出去看看别人的热闹。"

孩子一听见要出去看热闹，更喜得了不得。他说："为什么今晚上不拈香呢？记得从前是妈妈点给我的。"

父亲没有回答他。但孩子的话很多，问得父亲越发伤心了。他对着孩子不甚说话，只有向月不歇地叹息。

"爸爸今晚上不舒服么？为何气喘得那么厉害？"

父亲说："是，我今晚上病了。你不是要出去看热闹么？可以教素云姐带你去，我不能去了。"

素云是一个年长的丫头。主人的心思、性地，她本十分明白，所以家里无论大小事几乎是她一人主持。她带宝璜出门，到河边看看船上和岸上各样的灯色，便中就告诉孩子说："你爹爹今晚不舒服了，我们得早一点回去才是。"

孩子说："爹爹白天还好好地，为何晚上就害起病来？"

"唉，你记不得后天是妈妈的百日吗？"

"什么是妈妈的百日？"

"妈妈死掉，到后天是一百天的工夫。"

孩子实在不能理会那"一百日"的深层意思。素云只得说："夜深了，咱们回家去罢。"

素云和孩子回来的时候，父亲已经躺在床上，见他们回来，就说："你们回来了。"她跑到床前回答说："二爷，我们回来了，晚上大哥儿可以和我同睡，我招呼他，好不好？"

父亲说："不必。你还是睡你的罢。你把他安置好，就可以去歇息，这里没有什么事。"

这个七岁的孩子就睡在离父亲不远的一张小床上。外头的鼓乐声，和树梢的月影，把孩子嬲得不能睡觉。在睡眠的时候，父亲本有命令，不许说话，所以孩子只得默听着，不敢发出什么声音。

乐声远了，在近处的杂响中，最刺激孩子的，就是从父亲那里发出来的啜泣声。在孩子的思想里，大人是不会哭的，所以他很诧异地问："爹爹，你怕黑么？大猫要来咬你么？你哭什么？"他说着就要起来，因为他也怕大猫。

父亲阻止他，说："爹爹今晚上不舒服，没有别的事。不许起来。"

"咦，爹爹明明哭了！我每哭的时候，爹爹说我的声音像河里水声潲潲地响，现在爹爹的声音也和那个一样。呀，爹爹，别哭了，爹爹一哭，教宝璜怎能睡觉呢？"

孩子越说越多，弄得父亲的心绪更乱。他不能用什么话来对付孩子，只说："璜儿，我不是说过，在睡觉时不许说话么？你再说时，爹爹就不疼你了。好好地睡罢。"

孩子只复说了一句："爹爹要哭，教人怎样睡得着呢?"以后他就静默了。

这晚上的催眠歌，就是父亲的抽噎声。不久，孩子也因着这声就发出微细的鼾息，屋里只有些杂响伴着父亲发出哀音。

上景山

无论哪一季，登景山最合宜的时间是在清早或下午三点以后。晴天，眼界可以望朦胧处；雨天，可以赏雨脚的长度和电光的迅射；雪天，可以令人咀嚼着无色界的滋味。

在万春亭上坐着，定神看北上门后的马路（从前路在门前，如今路在门后）尽是行人和车马，路边的梓树都已掉了叶子。不错，已经立冬了。今年天气可有点怪，到现在还没有冻冰。多谢芰荷的业主把残茎都去掉，教我们能看见紫禁城外护城河的水光还在闪烁着。

神武门上是关闭得严严地。最讨厌的是楼前那枝很长的旗杆，侮辱了全个建筑的庄严。门楼两旁树它一对，不成吗？禁城上时时有人在走着，恐怕都是外国的旅人。

皇宫一所一所排列着非常整齐。怎么一个那么不讲纪律的民族，会建筑这么严整的宫廷？我对着一片黄瓦这样想着。不，说不讲纪律未免有点过火，我们可以说这民族是把旧的纪律忘掉，正在找一个新的咧。新的找不着，终究还要回来的。北京房子，皇宫也算在里头，主要的建筑都是向南的，谁也没有这样强迫过建筑者，说非这样修不可。但纪律因为利益所在，在不言中被遵守了夏天受着解愠的薰风，冬天接着可爱的暖日，只要守着盖房子的法则，这利益是不用争而自来的。所以我们要问在我们的政治社会里有这样的薰风和暖日吗?

最初在崖壁上写大字铭功的是强盗的老师，我眼睛看着神武门上的几个大字，心里想着李斯。皇帝也是强盗的一种，是个白痴强盗。他抢了天下把自己监禁在宫中，把一切宝物聚在身边，以为他是富有天下。这样一代过一代，到头来还是被他的糊涂奴仆，或贪婪臣宰，讨、瞒、偷、换，到连性命也不定保得住。这岂不是个白痴强盗?在白痴强盗底下才会产出大盗和小偷来。一个小偷，多少总要有一点跳女墙钻狗洞的本领，有他的禁忌，有他的信仰和道德。大盗只会利用他的奴性去请托攀缘，自赞赞他，禁忌固然没有，道德更不必提。谁也不能不承认盗贼是寄生人类的一种，但最可杀的是那班为大盗之一的斯文贼。他们不像小偷为延命去营鼠雀的生活；也不像一般的大盗，凭着自己的勇敢去抢天下。所以明火打劫的强盗最恨的是斯文贼。这里我又联想到张献忠。有一次他开科取士檄，檄诸州举贡生员，后至者妻女充院，本犯剥皮，有司教官斩，连坐十家。诸生到时，他要他们在一丈见方的大黄旗上写个帅字，字画要像斗的粗大，还要一笔写成。一个生员王志道缚草为笔，用大缸贮墨汁将草笔泡在缸里，三天，再取出来写，果然一笔写成了。他以为可以讨献忠的喜欢，谁知献忠说："他日图我必定是你。"立即把他杀来祭旗。献忠对待念书人是多么痛快。他知道他们是寄生的寄生，他的使命是来杀他们。

东城西城的天空中，时见一群一群旋飞的鸽子。除去打麻雀、逛窑子、上酒楼以外；这也是一种古典的娱乐。这种娱乐也来得群众化一点。它能在空中发出和悦的响声，翩翩地飞绕着，教人觉得在一个灰白色的冷天，满天乱飞乱叫的老鸹的讨厌。然而在刮大风的时候，若是你有勇气上景山的最高处，看看天安门楼屋脊上的鸦群，噪叫的声音是听不见，它们随风飞扬，直像从什么大树飘下来的败叶，凌乱得有意思。

万春亭周围被挖得东一沟，西一窟，据说是管宫的当局挖来试看煤山是不是个大煤堆，像历来的传说所传的，我心里暗笑信这说的人们。是不是因为北宋亡国的时候，都人在城被围时，拆毁艮岳的建筑木材去充柴火，所以计划建筑北京的人预先堆起一大堆煤，万一都城被围时，人民可以不拆宫殿。这是笨想头。若是我来计划，最好来一个米山。米在万急的时候，也可以生吃，煤可无论如何吃不得。又有人说景山是太行的最终一峰。这也是瞎说。从西山往东几十里平原，可怎么不偏不颇在北京城当中出了一座景山？若说北京的建设就是对着景山的子午，为什么不对北海的琼岛？我想景山明是开紫金城外的护河所积的土，琼岛也是垒积从北海挖出来的土而成的。

从亭后的树缝里远远看见鼓楼。地安门前后的大街，人马默默地走，城市的喧嚣声，一点也听不见。鼓楼是不让正阳门那样雄壮地挺着。它的名字，改了又改，一会是明耻楼，一会又是齐政楼，现在大概又是明耻楼吧。明耻不难，雪耻得努力。只怕市民能明白那耻的还不多，想来是多么可怜。记得前几年“三民主义”“帝国主义”这套名词随着北伐军到北平的时候，市民看些篆字标语，好像都明白各人蒙着无上的耻辱，而这耻辱是由于帝国主义的压迫。所以大家也随声附和唱着打倒和推翻。

从山上下来，崇祯殉国的地方依然是那棵半死的槐树。据说树上原有一条链子锁着，庚子联军入京以后就不见了，现在那枯槁的部分，还有一个大洞，当时的链痕还隐约可以看见。义和团运动的结果，从解放这棵树发展到解放这民族。这是一件多么可以发人深思的对象呢？山后的柏树发出幽恬的香气，好像是对于这地方的永远供物。

寿皇殿锁闭得严严地，因为谁也不愿意努尔哈赤的种类再做白痴的梦。每年的祭祀不举行了，庄严的神乐再也不能听见，只有从乡间进城来唱秧歌的孩子们，在墙外打的锣鼓，有时还可以送到殿前。

到景山门，回头仰望顶上方才所坐的地方，人都下来了。树上几只很面熟却不认得的鸟在叫着。亭里残破的古佛还坐在那结没人能懂的手印。

1946 年 11 月

先农坛

曾经一度繁华过的香厂，现在剩下些破烂不堪的房子，偶尔经过，只见大兵们在广场上练国技。往南再走，排地摊的犹如往日，只是好东西越来越少，到处都看见外国来的空酒瓶，香水樽，胭脂盒，乃至簇新的东洋瓷器，估衣摊上的不入时的衣服，“一块八”“两块四”，叫卖的伙计连翻带地兜揽，买主没有，看主却是很多。

在一条凹凸得格别的马路上走，不觉进了先农坛的地界。从前在坛里唯一新建筑，“四面钟”，如今只剩一座空洞的高台，四围的柏树早已变成富人们的棺材或家私了。东边一座礼拜寺是新的。球场上还有人在那里练习。绵羊三五群，遍地披着枯黄的草根。风稍微一动，尘土便随着飞起，可惜颜色太坏，若是雪白或朱红，岂不是很好的国货化妆材料？

到坛北门，照例买票进去。古柏依旧，茶座全空。大兵们住在大殿里，很好看的门窗，都被拆作柴火烧了。希望北平市游览区划定以后，可以有一笔大款来修理。北平的旧建筑，渐次少了，房主不断地卖折货。像最近的定王府，原是明朝胡大海的府邸，论起建筑的年代足有五百多年。假若政府有心保存北平古物，决不至于让市民随意拆毁。拆一间是少一间。现在坛里，大兵拆起公有建筑来了。爱国得先从爱惜公共的产业做起，得先从爱惜历史的陈迹做起。

观耕台上坐着一男一女，正在密谈，心情的热真能抵御环境的冷。桃树柳树都脱掉叶衣，做三冬的长眠，风摇鸟唤，都不听见。雩坛边的鹿，伶俐的眼睛瞭望着过路的人。游客本来有三两个，它们见了格外相亲。在那么空旷的园囿，本不必拦着它们，只要四围开上七八尺深的沟，斜削沟的里壁，使当中成一个圆丘，鹿放在当中，虽没遮栏也跳不上来。这样，园景必定优美得多。星云坛比岳渎坛更破烂不堪。干蒿败艾，满布在砖缝瓦罅之间，拂人衣裾，便发出一种清越的香味。老松在夕阳底下默然站着。人说它像盘旋的虬龙，我说它像开屏的孔雀，一颗一颗的松球，衬着暗绿的针叶，远望着更像得很。松是中国人的理想性格，画家没有不喜欢画它。孔子说它后凋还是屈了它，应当说它不凋才对。英国人对于橡树的情感就和中国对于松树的一样。中国人爱松并不尽是因为它长寿，乃是因它当飘风飞雪的时节能够站得住，生机不断，可发荣的时间一到，便又青绿起来。人对着松树是不会失望的，它能给人一种兴奋，虽然树上留着许多枯枝丫，看来越发增加它的壮美。就是枯死，也不像别的树木等闲地倒下来。千年百年是那么立着，藤萝缠它，薜荔粘它，都不怕，反而使它更优越更秀丽。古人说松籁好听得像龙吟。龙吟我们没有听过，可是它所发出的逸韵，真能使人忘掉名利，动出尘的想头。可是要记得这样的声音，决不是一寸一尺的小松所能发出，非要经得百千年的磨炼，受过风霜或者吃过斧斤的亏，能够立得定以后，是做不到的。所以当年壮的时候，应学松柏的抵抗力、忍耐力和增进力；到年衰的时候，也不妨送出清越的籁。

对着松树坐了半天。金黄色的霞光已经收了，不免离开雩坛直出大门。门外前几年挖的战壕，还没填满。羊群领着我向着归路。道边放着一担菊花，卖花人站在一家门口与那淡妆的女郎讲价，不提防担里的黄花教羊吃了几棵。那人索性将两棵带泥丸的菊花向羊群猛掷过去，口里骂："你等死的羊孙子！"可也没奈何。吃剩的花散布在道上，也教车轮辗碎了。

1946 年 11 月

忆卢沟桥

记得离北平以前，最后到卢沟桥，是在二十二年的春天。我与同事刘兆蕙先生在一个清早由广安门顺着大道步行，经过大井村，已是十点多钟。参拜了义井庵的千手观音，就在大悲阁外小憩。那菩萨像有三丈多高，是金铜铸成的，体相还好，不过屋宇倾颓，香烟零落，也许是因为求愿的人们发生了求财赔本求子丧妻的事情吧。这次的出游本是为访求另一尊铜佛而来的。我听见从宛平城来的人告诉我那城附近有所古庙塌了，其中许多金铜佛像，年代都是很古的。为知识上的兴趣，不得不去采访一下。大井村的千手观音是有著录的，所以也顺便去看看。

出大井村，在官道上，巍然立着一座牌坊，是乾隆四十年建的。坊东面额书“经环同轨”，西面是“荡平归极”。建坊的原意不得而知，将来能够用来做凯旋门那就最合宜不过了。

春天的燕郊，若没有大风，就很可以使人流连。树干上或土墙边蜗牛在画着银色的涎路。它们慢慢移动，像不知道它们的小介壳以外还有什么宇宙似的。柳塘边的雏鸭披着淡黄色的毵毛，映着嫩绿的新叶；游泳时，微波随蹼翻起，泛成一弯一弯动着的曲纹，这都是生趣的示现。走乏了，且在路边的墓园少住一回。刘先生站在一座很美丽的窣堵波上，要我给他拍照。在榆树荫覆之下，我们没感到路上太阳的酷烈。寂静的墓园里，虽没有什么名花，野卉倒也长得顶得意地。忙碌的蜜蜂，两只小腿粘着些少花粉，还在采集着。蚂蚁为争一条烂残的蚱蜢腿，在枯藤的根本上争斗着。落网的小蝶，一片翅膀已失掉效用，还在挣扎着。这也是生趣的示现，不过意味有点不同罢了。

闲谈着，已见日丽中天，前面宛平城也在域之内了。宛平城在卢沟桥北，建于明崇祯十年，名叫“拱北城”，周围不及二里，只有两个城门，北门是顺治门，南门是永昌门。清改拱北为拱极，永昌门为威严门。南门外便是卢沟桥。拱北城本来不是县城，前几年因为北平改市，县衙才移到那里去，所以规模极其简陋。从前它是个卫城，有武官常驻镇守着，一直到现在，还是一个很重要的军事地点。我们随着骆驼队进了顺治门，在前面不远，便见了永昌门。大街一条，两边多是荒地。我们到预定的地点去探访，果见一个庞大的铜佛头和一些铜像残体横陈在县立学校里的地上。拱北城内原有观音庵与兴隆寺，兴隆寺内还有许多已无可考的广慈寺的遗物，那些铜像究竟是属于哪寺的也无从知道。我们摩挲了一回，才到卢沟桥头的一家饭店午膳。

自从宛平县署移到拱北城，卢沟桥便成为县城的繁要街市。桥北的商店民居很多，还保存着从前中原数省入京孔道的规模。桥上的碑亭虽然朽坏，还矗立着。自从历年的内战，卢沟桥更成为戎马往来的要冲，加上长辛店战役的印象，使附近的居民都知道近代战争的大概情形，连小孩也知道飞机、大炮、机关枪都是做什么用的。到处墙上虽然有标语贴着的痕迹，而在色与量上可不能与卖药的广告相比。推开窗户，看着永定河的浊水穿过疏林，向东南流去，想起陈高的诗：“卢沟桥西车马多，山头白日照清波。毡卢亦有江南妇，愁听金人出塞歌。”清波不见，浑水成潮，是记述与事实的相差，抑昔日与今时的不同，就不得而知了。但想象当日桥下雅集亭的风景，以及金人所掠江南妇女，经过此地的情形，感慨便不能不触发了。

从卢沟桥上经过的可悲可恨可歌可泣的事迹，岂止被金人所掠的江南妇女那一件？可惜桥栏上蹲着的石狮子个个只会张牙裂眦结舌无言，以致许多可以稍留印迹的史实，若不随蹄尘飞散，也教轮辐压碎了。我又想着天下最有功德的是桥梁。它把天然的阻隔连络起来，它从这岸度引人们到那岸。在桥上走过的是好是歹，于它本来无关，何况在上面走的不过是长途中的一小段，它哪能知道何者是可悲可恨可泣呢？它不必记历史，反而是历史记着它。卢沟桥本名广利桥，是金大定二十七年始建，至明昌二年（公元一一八九至一一九二）修成的。它拥有世界的声名是因为曾入马可博罗的记述。马可博罗记作“普利桑干”，而欧洲人都称它作“马可博罗桥”，倒失掉记者赞叹桑干河上一道大桥的原意了。中国人是擅于修造石桥的，在建筑上只有桥与塔可以保留得较为长久。中国的大石桥每能使人叹为鬼役神工，卢沟桥的伟大与那有名的泉州洛阳桥和漳州虎渡桥有点不同。论工程，它没有这两道桥的宏伟，然而在史迹上，它是多次系着民族安危。纵使你把桥拆掉，卢沟桥的神影是永不会被中国人忘记的。这个在“七七”事件发生以后，更使人觉得是如此。当时我只想着日军许会从古北口入北平，由北平越过这道名桥侵入中原，决想不到火头就会在我那时所站的地方发出来。

在饭店里，随便吃些烧饼，就出来，在桥上张望。铁路桥在远处平行地架着。驮煤的骆驼队随着铃铛的音节整齐地在桥上迈步。小商人与农民在雕栏下作交易上很有礼貌的计较。妇女们在桥下浣衣，乐融融地交谈。人们虽不理会国势的严重，可是从军队里宣传员口里也知道强敌已在门口。我们本不为做间谍去的，因为在桥上向路人多问了些话，便教警官注意起来，我们也自好笑。我是为当事官吏的注意而高兴，觉得他们时刻在提防着，警备着。过了桥，便望见实柘山，苍翠的山色，指示着日斜多了几度，在砾原上流连片时，暂觉晚风拂衣，若不回转，就得住店了。“卢沟晓月”是有名的。为领略这美景，到店里住一宿，本来也值得，不过我对于晓风残月一类的景物素来不大喜爱。我爱月在黑夜里所显的光明。晓月只有垂死的光，想来是很凄凉的。还是回家吧。

我们不从原路去，就在拱北城外分道。刘先生沿着旧河床，向北回海甸去。我捡了几块石头，向着八里庄那条路走。进到阜城门，望见北海的白塔已经成为一个剪影贴在洒银的暗蓝纸上。

1946 年 11 月

窥园先生诗传

华人移居台湾最早的，据日本所传，有秦始皇二十八年徐福率童男女移住夷州和直州的事情。夷州是台湾；直州是小吕宋。自秦以后，汉的东瑸，隋的琉球、掖玖，唐的流鬼、澎湖，元的琉求、澎湖、波罗公，都是指台湾而言，但历代移民的有无，则不得而知。唐元和间，施肩吾有咏澎湖的诗，为澎湖见于艺文的第一次。有人说施肩吾率领家人移住澎湖，确与不确，也无从证明。宋元以来，闽粤人渡海移居台湾的渐多。明初因为防御海盗和倭寇，曾令本岛居民悉移漳泉二州，但居留人数并未见得减少。当嘉靖四十二年，俞大猷追海盗入台湾以前，七鲲身，鹿耳门沿岸的华民已经聚成村落。这些从中国到台湾的移民，大概可以分为五种：一是海盗，二是渔户，三是贾客，四是规避重敛的平民，五是海盗或倭寇的俘虏。嘉靖中从广东揭阳移到赤嵌（台南）居住的许超便是窥园先生的入台一世祖。这家的职业，因为旧家谱于清道光年间毁掉，新谱并未载明，故不得而知。从家庭的传说，知道一世祖是蒙塾的师傅。若依上头移民的种类看来，他或者是属于第四或第五种人。自荷兰人占据以后，名台湾为丽都岛（花摩娑），称赤嵌为昆舍耶（或作昆舍耶），建城筑堡，辟港刊林，政治规模略具，人民生活渐饶。许氏一家，自移植以来到清嘉庆年间，宗族还未分居，并且各有职业。窥园先生的祖父永喜公是个秀才，因为兄弟们都从事生产，自己便教育几个学生，过他的书生生活。他前后三娶生子八人。子侄们，除廷乐公农业，特斋公（讳延璋）业儒以外，其余都是商人。道光中叶，许家兄弟共同经营了四间商店，是金珠、布匹、鞋帽和鸦片烟馆。不幸一夜的大火把那几间店烧得精光，连家谱地契都毁掉了。家产荡尽，兄弟们才闹分居。特斋公因此分得西定坊武馆街烬余的鞋店为业。咸丰五年十月初五日，特斋公在那破屋里得窥园先生。因为那间房子既不宜居住，更不宜做学塾的用处，在先生六岁时候，特斋公便将武馆街旧居卖掉，另置南门里延平郡王祠边马公庙住宅，建学舍数楹。舍后空地数亩，任草木自然滋长，名为窥园，取董子下帷讲诵，三年不窥园的意思。特斋公自在宅中开馆授徒，不久便谢世，遗下窥园给他的四个儿子。

窥园先生讳南英，号蕴白或允白。窥园主人，留发头陀，龙马书生，昆舍耶客，春江冷宦，都是他的自号。自特斋公殁后，家计专仗少数田产，蓝太恭人善于调度，十数年来，诸子的学费都由她一人支持。先生排行第三，十九岁时，伯兄梓修公为台湾府吏，仲兄炳耀公在大穆降办盐务，以所入助家用。因为兄弟们都已成人，家用日绌，先生也想跟他二兄学卖盐去。谢宪章先生力劝他勉强继续求学，于是先生又跟谢先生受业。先生所往来的都是当时教大馆的塾师，学问因此大进。吴樵山先生也是在这几年间认识的。当时在台湾城教学的前辈对于先生的品格学问都很推许。二十四岁，先生被聘去教家塾，不久，自己又在窥园里设一个学塾，名为闻樨学舍。当时最常往来的亲友是吴樵山（子云）、陈卜五、王泳翔、施云舫（士洁）、丘仙根（逢甲）、汪杏泉（春源）、陈省三（望曾）、陈梧冈（日翔）诸先生。他的诗人生活也是从这个时候起。

自二十四到三十五岁，先生都以教学为业。光绪丙戌初到北京会试，因对策陈述国家危机所在，文章过于伤感，考官不敢录取。已丑再赴试，又因评论政治得失被放。隔年，中恩科会魁，授兵部车驾清吏司主事职。先生的志向本不在做官，只望成了名，可以在本乡服役。他对于台湾的风物知道很多，绅民对他也很有信仰，所以在十二月间他便回籍服役。

先生二十三岁时，遵吴樵山先生的遗嘱，聘他的第三女（讳慎），越三年，完婚。夫妇感情，直到命终，极其融洽。在三十三岁左右，偶然认识台南一个歌伎吴湘玉，由怜生爱，屡想为她脱籍。两年后，经过许多困难，至终商定纳她为妾，湘玉喜过度，不久便得病。她的母亲要等她痊愈才肯嫁她。在抑郁着急的心境中，使她病加剧，因而夭折。她死后，先生将遗骸葬在荔枝宅。湘玉的母亲感激他的情谊，便将死者的婢女吴逊送给他。他并不爱恋那女子，只为湘玉的缘故收留她。本集里（指《窥园留草》诗集）的情词多半是怀念湘玉的作品。

台湾于光绪十一年改设行省，以原台湾府为台南府，台湾县为安平县。自设省后，所有新政逐渐推行。先生对于新设施都潜心研究。每以为机器、矿务或其他实业都应自己学会了自己办，异族绝靠不住。自庚寅从北京回籍，台南官绅举他管理圣庙乐局事务。安平陈县令聘他做蓬壶书院山长，辞未就，因为他愿意帮助政府办理垦土化番的事业。他每深入番社，山里的番汉人多认识他。甲午年春，唐巡抚聘他当台湾通志局协修，凡台南府属的沿革风物都由他汇纂。中日开战，省府改台南采访局为团练局，以先生充统领领两营兵。黄海之败，中枢当局以为自改设台湾行省以来，五六年间，所有新政都要经费，不但未见利益，甚至要赔垫许多币金。加以台湾民众向有反清复明的倾向，不易统治，这或者也是决意割让的一个原因。那时人心惶惶，希望政府不放弃台湾，而一些土棍便想乘着官吏与地权交代的机会从中取利。有些唱“跟父也是吃饭，跟母也是吃饭”的论调，意思是归华归日都可以。因此，民主国的建设虽然酝酿着，而人心并未一致。住近番地的汉人与番人又乘机混合起来扰乱，台南附近有刘乌河的叛变。一重溪，菜寮，拔马，锡猴，木冈，南庄，半平桥，八张犁，诸社都不安静。先生领兵把匪徒荡平以后，分兵屯防诸社。

乙未三月，中日和约签订。依约第二条，台湾及澎湖群岛都割归日本，台湾绅民反对无效，因是积极筹建民主国，举唐巡抚为大伯理玺天德，以元武旗（兰地黄虎）为国旗。军民诸政先由刘永福，丘逢甲诸人担任，等议院开后再定国策。那时，先生任筹防局统领，仍然屯兵番社附近诸隘。日本既与我国交换约书于芝罘，遂任桦山资纪为台湾总督，会见我全权李经方于基隆港外，接收全岛及澎湖群岛。七月，基隆失守，唐大伯理玺天德乘德轮船逃厦门，日人遂入台北。当基隆告急时，先生率台南防兵北行，到阿里关，听见台北已失，乃赶回台南。刘永福自己到安平港去布防，令先生守城。先生所领的兵本来不多，攻守都难操胜算。当时人心张皇，意见不一，故城终未关，任人逃避。先生也有意等城内人民避到乡间以后，再请兵固守。八月，嘉义失守，刘永福不愿死战，致书日军求和，且令台南解严，先生只得听命。和议未成，打狗，凤山相继陷，刘永福遂挟兵饷官帑数十万乘德船逃回中国。旧历九月初二日，安平炮台被占，大局已去，丘逢甲也弃职，民主国在实际上已经消灭，城中绅商都不以死守为然，力劝先生解甲。因为兵饷被刘提走，先生便将私蓄现金尽数散给部下。几个弁目把他送出城外。九月初三日，日人入台南。本集里，辛丑所作《无题》便是记当日刘帅逃走和他不能守城的愤恨。又，乙未《寄台南诸友》也是表明他的心迹的作品。

民主国最后根据地台南被占领后，日人悬像遍索先生。乡人不得已，乃于九月初五日送先生到安平港，渔人用竹筏载他上轮船。窥园词中《忆旧》便是叙这次的事。日人登船搜索了一遍，也没把他认出来。先生到厦门少住，便转向汕头，投宗人子荣子明二位先生的乡里，距鮀它浦不远的桃都。子荣先生劝先生归宗，可惜旧家谱不存，入台一世祖与揭阳宗祠的关系都不能而知，这事只得罢论。子荣昆季又劝先生到南洋去换换生活。先生的旅费都是他们赠予。他们又把先生全家从台湾接到桃都，安置在宗祠边的别庄里。从此以后，先生的子孙便住在中国，其余都留在台湾，现在把先生的世系略记于下，表示住在台湾的族人还很多。（世系表略）

先生在星嘉坡，曼谷诸地漫游，足够两年。囊金荡尽，迫着他上了宦途。但回到兵部当差既不可能，于是“自贬南交为末史”去了。先生到北京投供吏部，自请开去兵部职务，降换广东即用知县，加同知衔。他愿意到广东，一因是祖籍，二因朋友多。又因漳州与潮州毗邻，语言风俗多半相同，于是寄籍为龙溪县人。从北京南下，到桃都把家眷带到广州，住药王庙兴隆坊。丁酉戊戌两年中帮广州周知府与番禺裴县令评阅府县试卷。己亥，委随潮州镇总兵黄金福行营到惠潮嘉一带办理清乡事务。庚子，广州陈知府委总校广州府试卷。不久，又委充佛山汾水税关总办。辛丑，由税关调省，充乡试阅卷官。试毕，委署徐闻县知县。这是他当地方官的第一遭。

徐闻在雷州半岛南端，民风淳朴。先生到任后，全县政事，只用一位刑名师爷助理，其余会计钱粮诸事都是自己经理。每旬放告，轻的是偷鸡剪钮，重的也不过是争田赖债。杀人越货，罕有所闻。“讼庭春草荫层层，官长真如退院僧”，实在是当时光景。贵生书院山长杨先生退任，先生改书院为徐闻小学堂，选县中生员入学。邑绅见先生热心办学，乃公聘先生为掌教，每旬三六九日到堂讲经史二时。有清以来，县官兼书院掌教实是罕见。先生时到小学堂，与学生多有接触，因此对于县中人情风俗很能了解。先生每以“生于忧患，死于晏安”警策学生。又说：“人当奋勉，寸晷不懈，如耽逸乐，则放僻邪侈，无所不为。到那时候，身心不但没用，并且遗害后世。”他又以为人生无论做大小事，当要有些建树，才对得起社会，“生无建树死嫌迟”也是他常说的话。案头除案卷外，时常放一册白纸本子，如于书中见有可以警发深思德行的文句便抄录在上头，名为补过录，每年完二三百页。可惜三十年来浮家处处，此录丧失几尽，我身边只存一册而已。县衙早已破毁，前任县官假借考棚为公馆，先生又租东邻三官祠为儿辈书房。公余有暇，常到书房和徐展云先生谈话，有时也为儿辈讲国史。先生在徐闻约一年，全县绅民都爱戴他。

光绪二十九年，广东乡试，先生被调入内帘。试毕，复委赴钦州查办重案。回省消差后，大吏以先生善治盗，因阳春阳江连年闹匪，乃命他缓赴三水县本任，调署阳春县知县。到阳春视事，仅六个月，对于匪盗，剿抚兼施，功绩甚著，乃调任阳江军民同知兼办清乡事务。在阳江三年，与阳江游击柯壬贵会剿土匪，屡破贼巢，柯公以功授副将，加提督衔；先生受花翎四品顶戴的赏。阳江新政自光绪三十年由先生渐逐施行，最重要的是遣派东洋留学生造专门人才，改濂溪书院为阳江师范传习所以养成各乡小学教员，创办地方巡警及习艺所。

光绪三十二年秋，改阳江为直隶州，领恩平，阳春二县。七月初五日，习艺所罪犯越狱，劫监仓羁所犯人同逃。那时，先生正下乡公干，何游击于初五早晨也离城往别处去。所长莫君人虽慈祥，却乏干才，平时对于所中犯人不但未加管束，并且任外人随时到所探望。所中犯人多半是礅犯，徒刑重者不过十五年，因此所长并没想到他们会反监。初五日下午，所中犯人突破狱门，登监视楼，夺守岗狱卒枪械，拥所长出门。游击衙门正在习艺所旁边，逃犯们便拥进去，夺取大堂的枪支和子弹。过监仓和羁所，复破狱门，迫守卒解放群囚。一时城中秩序大乱，经巡警，和同知衙门亲兵力击，匪犯乃由东门逃去，弃置莫君于田间。这事情本应所长及游击负责，因为先生身兼清乡总办，不能常驻城中，照例同知离城，游击便当留守。而何游击竟于初五早离城，致乱事起时，没人负责援救。初六日，先生自乡间赶回，计逃去重犯数十名，轻罪徒犯一百多名，乃将详情申报上司，对于游击及所长渎职事并未声明。部议开去三水本任，撤职留缉。那时所中还有几十名不愿逃走的囚徒，先生由他们知道逃犯的计划和行径，不出三个月，捕回过半。于是捐复翎顶，回省候委。十二月，委办顺德县清乡事务，随即委解京饷。丙午丁未两年间可以说是先生在宦途上最不得意的时候。他因此自号春江冷宦。从北京回广州，过香港，有人告诉他阳江越狱主犯利亚摩与同伴都在本岛当劳工，劝他请省府移文逮捕归案。先生说："上天有好生之德，我所以追捕逃犯，是怕他们出去仍为盗贼害民。现在他们既然有了职业，当要给他们自新的机会，何必再去捕杀他们呢？况且我已为他们担了处分，不忍再借他们的脂血来坚固自己的职位。任他们自由吧。"

光绪三十三年五月赴三水县任。三年之中，力除秕政。向例各房吏目都在各房办公，时间无定，甚至一件小案，也得迁延时日，先生乃于二堂旁边设县政办公室，每日集诸房吏在室内办公，自己也到室签押。舞弊的事顿减，人民都很愉快。县中巨绅，多有豢养世奴的陋习，先生严禁贩卖人口，且促他们解放群奴，因此与多数绅士不协，为事甚形棘手。县属巨姓械斗，闹出人命，先生秉公办理，两造争献贿赂，皆被严辞谢绝。他一生引为不负国家的两件事，一是除民害，一是不爱钱。《和耐公六十初度》便是他的自白之一。当时左右劝他受两造赂金，既可以求好巨绅，又可以用那笔款去买好缺或过班。贿赂公行是三十年来公开的事情。拜门，钻营，馈赠，是官僚升职的唯一途径。先生却恨这些事情，不但不受贿，并且严办说项的人。他做了十几年官，未尝拜过谁的门，也未曾为求差求缺用过一文钱。对于出仕的看法，他并不从富贵着想。他常说："一个人出仕，不做廊庙宰，当做州县宰。因为廊庙宰亲近朝廷，一国人政容我筹措；州县宰亲近人民，群众利害容我乘除。这两种才是真能为国效劳的宰官。”他既为公事得罪几个巨绅，便想辞职，会授电白县，乃卸事回省。将就新任，而武昌革命军起，一月之间，闽粤响应。先生得漳州友人电召回漳，被举为革命政府民事局长。不久，南北共和，民事局撤消，先生乃退居海澄县属海沧墟，号所居为借沧海居。

住在海沧并非长策，因为先生全家所存现款只剩那用东西向汕头交通银行总办押借的五百元。从前在广州，凡有需要都到子荣先生令嗣梅坡先生行里去通融。在海沧却是举目无亲，他的困难实在难以言喻。陈梧冈先生自授秘鲁使臣后，未赴任，蛰居厦门，因清鼎革，想邀先生落发为僧，或于虎溪岸边筑室隐居。这两事都未成功。梧冈先生不久也谢世了。台湾亲友请先生且回故乡，先生遂带着叔午叔未同行。台南南庄山林尚有一部分是先生的产业。亲友们劝他遣一两个儿子回台入日籍，领回那一大片土地。叔未本有日籍，因为他是庶出，先生不愿将这产业全交在他的手里，但在华诸子又没有一个愿意回乡入籍。先生于是放弃南庄山林，将所余分给留台族人，自己仍然回到厦门。在故乡时，日与诗社诸友联吟，住在亲戚吴筱霞先生园中。马公庙窥园前曾赁给日本某会社为宿舍，家人仍住前院，这时因为修筑大道定须拆让。先生还乡，眼见他爱的梅花被移，旧居被夷为平地，窥园一部分让与他人，那又何等伤心呢！

借沧海居地近市集，不宜居住，家人仍移居龙溪县属石美黄氏别庄。先生自台南回国后，境遇越苦，恰巧同年旧友张元奇先生为福建民政长，招先生到福州。张先生意思要任他为西路观察使，他辞不胜任，请任为龙溪县知事。这仍是他“不做廊庙宰当做州县宰”的本旨。他对民国前途很有希望，但不以武力革命为然。这次正式为民国官吏，本想长做下去，无奈官范民风越来越坏，豪绅劣民动借共和名义，牵制地方行政。就任不久，因为禁止私斗和勒拔烟苗事情为当地豪劣所忌，捏词上控先生侵吞公款。先生因请卸职查办。省府查，不确，诸豪劣畏罪，来求先生免予追究。先生于谈笑中表示他的大度。从此以后，先生便决计不再从政了。

卸任后，两袖清风，退居漳州东门外管厝巷。诸子中，有些学业还未完成，有些虽能自给，但也不很丰裕。民国四年，林叔臧先生组织诗社，聘先生为社友，月给津贴若干，以此，先生个人生活稍裕，但家境困难仍未减少。故友中有劝他入京投故旧谋差遣的，有劝他回广东去的。当时广东省长某为先生任阳春知县时所招抚的一人。柯参将幕客彭华绚先生在省公署已得要职，函召先生到广州，说省长必能以高位报他。先生对家人说：“我最恨食人之报，何况他从前曾在我部属，今日反去向他讨啖饭地，岂不更可耻吗？”至终不去。

民国五年移居大岸顶。四月，因厦门日本领事的邀请，回台参与台湾劝业共进会，复与旧友周旋数月。因游关岭，轻便车出轨，先生受微伤，在台南休养。那时，苏门答拉棉兰城华侨市长张鸿南先生要聘人给他编辑服官三十五年事略，林叔臧先生荐先生到那里去，先生遂于重阳日南航。这样工作预定两年，而报酬若干并未说明。先生每月应支若干，既不便动问，又因只身远行，时念乡里，以此居恒郁郁，每以诗酒自遣。加以三儿学费、次女嫁资都要筹措，一年之间，精神大为沮丧，扶病急将张君事略编就，希望能够带些酬金回国。不料欧战正酣，南海航信无定，间或两月一期。先生候船久，且无所事，越纵饮，因啖水果过多，得痢疾。民国六年，旧历十一月十一日丑时卒于寓所，寿六十三岁。林健人先生及棉兰友人于市外买地数弓把先生的遗骸安葬在那里。

先生生平以梅自况，酷爱梅花，且能为它写照。在他的题画诗中，题自画梅花的诗占五分之三。对人对己并不装道学模样。在台湾时发起崇正社，以崇尚正义为主旨，时时会集于竹溪寺，现在还有许多社友。他的情感真挚，从无虚饰。在本集里，到处可以看出他的深情。生平景仰苏黄，且用“山谷”二字字他的诸子。他对于新学追求甚力，凡当时报章杂志，都用心去读。凡关于政治和世界大势的论文，先生尤有体会的能力。他不怕请教别人，对于外国文字有时问到儿辈。他的诗中用了很多当时的新名词，并且时时流露他对于国家前途的忧虑，足以知道他是个富于时代意识的诗人。

这《留草》是从先生的未定本中编录出来的。割台以前的诗词多半散失，现存的都是由先生的记忆重写出来，因而写诗的时间不能断定。本书的次序是比较诗的内容和原稿的先后编成的。还有原稿删掉而编者以为可以存的也重行抄入。原稿残缺，或文句不完的，便不录入。原稿更改或拟改的字句便选用其中编者以为最好的。但删补总计不出十首，仍不失原稿的真面目。在这《留草》里，先生历年所作以壬子年为最多，其次为丙辰年。所作最多为七律，计四百七十五首，其次，七绝三百三十五首，五律一百三十二首，五绝三十八首，五古三十五首，七古二十三首，其他二首，总计一千零三十九首。在《留草》后面附上《窥园词》一卷，计五十九阕。词道，先生自以为非所长，所以存的少。现在所存的词都是先生在民国元年以后从旧日记或草稿中选录的，所以也没有次序。次序也是编者定的。

自先生殁后，亲友们便敦促刊行他的诗草。民国九年我回漳州省母，将原稿带上北京来。因为当时所入不丰，不能付印，只抄了一份，将原稿存在三兄敦谷处。民国十五秋，革命军北伐武昌，飞机弹毁敦谷住所，家中一切皆被破坏。事后于瓦砾场中搜出原稿完整如故，我们都非常喜欢。敦谷于十五年冬到上海。在那里，将这全份稿本交给我。这几年来每想精刊全书，可惜限于财力，未能如愿。近因北京频陷于危，怕原稿化成劫灰，不得已，草率印了五百部。出版的时候，距先生殁已十六年，想起来，真对不起他。这部《留草》的刊行，承柯政和先生许多方面的帮助，应当在这里道谢。

作传，在原则上为编者所不主张。但上头的传只为使读者了解诗中的本事与作者的心境而作，并非褒扬先人的行述或哀启，所以前头没有很恭敬的称呼，也没请人“顿首填讳”，后头也不加“泣血稽颡谨述”。至于传中所未举出的，即与诗草内容没有什么关系或诗注中已经详说的事情。读者可以参看先生的《自定年谱》。年谱中的《台湾大事》与《记事》中的存诗统计也是编者加入的。

民国二十二年六月许赞堃谨识

一封公开的信

中国晚报主笔先生及张春风先生：

八月一日贵报登出《出卖肉麻》一文，讥评×××女士造像义展，眼光卓越，佩服之至。这篇“启文”，我始终未读过，因为我曾签名赞成此事，所以一读张先生大文之后便希望原作者能够再向大众申明一下，可惜等了这许多天毫无动静，不得已得向二位先生说明几句。

我现在把签名的经过与我对于这事的意见叙述一番，如有不对之处，还求指教。

一个月前，在全国文艺界抗战协会留港会员开会的一个晚上，会员们约了些漫画家、音乐家、电影家来凑热闹，×××女士当晚也被邀到会唱歌，同时有一二位会员拿出一个卷子请在座诸君赞助×××女士造像义展会。据说是她要将自己的各种照片展览出卖，以所得款项献给国家，特要我做赞助人。我当时觉得义不容辞，便签了名，可没看见有《怀江山而及丽质，睹香草而思美人》那篇文章。若是见了当然也是不合我的脾胃，我必会建议修改的。

我很喜欢张先生指出传统的滥调，如江山、丽质、香草、美人一类的词句，是肉麻的。这个证明作者写不出所要办的事情的真意，反而引起许多恶劣的反感。但在作者未必是有意说肉麻的话，他或者只知道那是用来描写美人的最好成语。所以修辞不得法，滥用典故成语，常会吃这样的亏。

不过我以为文章拙劣，当与所要办的事分开来看。张先生讥评那篇启文是可以的，至于斥造像义展为不然，我却有一点不同的意见。此地我要声明我并不是捧什么伶人，颂什么女优。此女士也是当晚才见过的，根本上不能说有什么交情，也没想要得着捧颂的便宜。我的意见与张先生不同之处，如下所述。

唱戏，演电影，像我们当教员当主笔的一样，也是正当的职业。我一向是信从职业平等的。我对于执任何事业的都相当尊重他们。看优伶为贱民，为身家不清白，正是封建意识的表现。须知今日所谓身家不清白，所谓贱，乃是那班贪官污吏，棍徒赌鬼，而非倡优隶卒之流。如果一个伶人为国家民族愿意做他所能做的，我们便当赋同情于他。捧与颂只在人怎样看，并不是人人都存着这样的心。在张先生的大文里以为替伤兵缝棉衣，在国破家亡的时候，是每个男女国民所当负的责任，试问我国有多少男女真正负过这类或相等的责任？现在在中国的夫人小姐们不如倡优之处很多，想张先生也同我一样看得到。塘西歌姬的义唱，净利全数献给国家。某某妇女团体组织义演，入款万余元，食用报销掉好几千！某某文化团体“七七”卖花，至今账目吐不出来。这些事，想张先生也知道吧。我们不能轻看优伶，他们简单的情感，虽然附着多少虚荣心，却能干出值得人们注意的事。

一个演电影的女优，她的色是否与她的艺一样重要？（依我的标准，×××女士并不美。此地只是泛说。）若是我们承认这个前提，那么“色相”于她，当等于学识于我们，一样是职业上的一种重要的工具，能显出所期的作用的。假如我们义卖文章，使国家得到实益，当然不妨做做。同样地，申论下去，一个女优义卖她的照片，只要有人买，她得到干净的钱来献给国家，我们便不能说她与抗战和民族国家无关，更不能说会令人肉麻。如果我们还没看见她要展卖的都是什么，便断定是“肉麻”，那就是侮辱她的人格，也侮辱了她的职业。

×××女士的“造像”我一幅也没见过，据说是她的戏装和电影剧装居多。我想总不会有什么肉麻的裸体像。纵然会有，也未必能引青年去“看像手淫”。张先生若是这样想，就未免太看不起近代的青年了。色欲重的人就是没有像，对着任何人的像，甚至于神圣的观音菩萨，也可以手淫的。张先生你说对不对？她卖“造像”××××××××，人们的亵行与可能的诱惑，与她所卖的照片并没关系。当知她卖自己的造像是手段，得钱献给国家是目的。假如一个女人或男人生得貌美而可以用本人的照片去换钱的话，只要有人要，未尝不可作为义展的理由。我们只能羡慕他或她得天独厚，多一道生利之门罢了。某人某人的造像卖给人做商标，卖给人做小囡模型，租给人做画稿，做雕刻模型，种种等等，在现代的国家里并没人看这些是肉麻或下贱无耻。

捧戏子，颂女优，如果意识是不干净的，当然是无聊文人的丑迹。但如彼优彼伶所期望办理的事是值得赞助的话，我们便当尊重他们，看他们和我们一样是有人格的，不能以其为优伶，便侮辱他们。我们当存君子之心，莫动小人之念，才不会失掉我们所批评的话的价值。我以为对于他人所要做的事情，如见其不可，批评是应该有的，不过要想到在这缺乏判断力的群众中间，措辞不当，就很容易发生一犬吠影百犬吠声的事，于其他的事业，或者也会得到不良的影响。

谢谢二位先生费神读这封长信。我并不是为做启文的人辩护，只是对于以卖自己的照片为无耻的意思提出一点私见来。先生们若是高兴指教的话，我愿意就这事的本身，再作更详尽的客观的讨论。

许地山谨白

1946 年 11 月

七七感言

欧洲有些自然科学家，以为战争是大自然的镰刀，用来修削人类中的枯枝败叶的。我不知道这话的真实程度有多高，我所知的是在人类还未达到“真人类”的阶段，战争是不能避免的。这所谓“真人类”，并非古生物学的，而是文化的。文化的真人是于物无贪求、于人无争持的。因为生物的人还没进化到文化的人，所以他的行为，有时还离不开畜道。在畜道上才有战争，在人道与畜道相遇时也有战争。畜生们为争一只腐鼠，也可以互相残啮到膏滴血流，同样地，它们也可以侵犯人。它们是不可以理喻的。在人道的立脚点上说，凡用非理的暴力来侵害他人的，如理论道绝的期候，当以暴力去制止它，使畜道不能在光天化日之下猖獗起来。

说了一大套好像不着边际的话，作者到底是何所感而言呢！他觉得许多动物虽名为人，而具有牛头马面狼心狗肺的太多，严格说起来还不能算是人，因此联想到畜道在人间的传染。童话里的“熊人”“虎姑”“狐狸精”，不过是“畜人”。至于“人狼”“人狗”“人猫”“人马”，这简直是“人畜”。这两周年的御日工作也许会成为将来很好的童话资料。我们理会暴日虽戴着“王道”的面具，在表演时却具足了畜道的特征。我们不可不知在我们中间也有许多堕在畜道上。此中最多的是“狗”和“猫”。我们中间的“人狗”“人猫”，最可恶的有吠家狗与引盗狗、饕餮猫与懒惰猫。两年间的御日工作可以说对得住人，对得住祖宗天地。但是对于打狗轰猫这种清理家内的工作却令人有点不满意。

在御×工作吃紧的期间，忽然从最神圣的中枢里发出类乎向×乞怜的狺声，或不站在自己的岗位，而去指东摘西的，是吠家狗。甘心引狼入宅，吞噬家人的是引盗狗。我们若看见海港里运来一切御×耐期所不需的货物，尤其是从“××船”来的，与大批的原料运到东洋大海去，便知道那是不顾群众利益，只求个人富裕的饕餮猫的所行。用公款做投机事业，对于国家购入的品物抽取回扣，或以劣替优、以贱充贵，也是饕餮猫的行径。具有特殊才干，在国家需要他的时候，却闭着眼，抚着耳，远远地躲在安全地带，那就是懒惰猫。这些人狗、人猫，多如牛毛，我们若不把它们除掉就不能脱离畜道在家里横行，虽有英勇的国士在疆场上与狼奋斗着，也不能令人不起功微事繁的感想。所以我们要加紧做打狗轰猫的工作。

又有些人以为民众知识缺乏，所以很容易变成迷途的羔羊，而为猫狗甚至为狼所利用。可是知识是不能绝对克服意志的，我们所怕的是意志薄弱易陷于悲观的迷途的牧者。在危难期间，没有迷途的羔羊，有的是迷途的牧者。我的意思不是鼓励舍弃知识，乃是要指出意志要放在知识之上，无论成败如何，当以正义的扶持为准绳，以人道的出现为极则。人人应成为超越的男女，而非卑劣的羔羊。人人在力量上能自救，在知识上能自存，在意志上能自决，然后配称为轩辕的子孙。这样我们还得做许多积极工作。一方面要摧毁败群的猫狗，一方面要扶植有为的男女，使他们成为优越的人类。非得如此，不能自卫，也不能救人；不配自卫，也不配救人。所以此后我们一部分的精神应贯注在整理内部，使我们的威力更加充实。那么，即使那些比狼百倍厉害的野兽来侵犯我们，我们也可以应付得来。为人道努力的人们，我们应当在各方面加紧工作，才不辜负两年来为这共同理想而牺牲的将士和民众。

今　天

陈眉公先生曾说过："天地有一大账簿：古史，旧账簿也；今史，新账簿也。"他的历史账簿观，我觉得很有见解。记账的目的不但是为审察过去的盈亏来指示将来的行止，并且要清理未了的账。在我们的"新账簿"里头，核记的账实在是太多了。血账是页页都有，而最大的一笔是从三年前的七月七日起到现在被掠去的生命、财产、土地，难以计算。我们要擦掉这笔账还得用血，用铁，用坚定的意志来抗战到底。要达到这目的，不能不仗着我们的"经理们"与他们手下的伙计的坚定意志，超越智慧，与我们股东的充足的知识、技术和等等的物质供给。再进一步，当要把各部分的机构组织到更严密，更有高度的效率。

"文官不爱钱，武将不惜死"的名言是我们听熟了的。自军兴以来，我们的武士已经表现出他们不惜生命以卫国的大牺牲与大忠勇的精神。但我们文官的中间，尤其是掌理财政的一部分人，还不能全然走到"不爱钱"的阶段，甚至有不爱国币而爱美金的。这个，许多人以为是政治还不上轨道的现象，但我们仍要认清这是许多官人的道德败坏，学问低劣，临事苟办，临财苟取的结果。要擦掉这笔"七七"的血账，非得把这样的坏伙计先行革降不可。不但如此，在这抵抗侵略的圣战期间，不爱钱、不惜死之上还要加上勤快和谨慎。我们不但不爱钱，并且要勤快办事，不但不惜死，并且要谨慎作战。那么，日人的凶焰虽然高到万丈，当会到了被扑灭的一天。

在知识与技术的贡献方面，几年来不能说是没有，尤其是在生产的技术方面，我们的科学家已经有了许多发明与发现（请参看卓芬先生的近年生产技术的改进。香港大公报二十九年七月五日特论）。我们希望当局供给他们一些安定的实验所和充足的资料，因为物力财力是国家的命脉所寄，没有这些生命素，什么都谈不到。意志力是寄托在理智力上头的，这年头还有许多意志力薄弱的叛徒与国贼民贼的原因，我想就是由于理智的低劣。理智低劣的人，没有科学知识，没有深邃见解，没有清晰理想，所以会颓废，会投机，会生起无须要的悲观。这类的人对于任何事情都用赌博的态度来对付，遍国中这类赌博的人当不在少数。抗战如果胜利，在他们看来，不过是运气好，并非我们的能力争取得来的。这样，哪里成呢？所以我们要消灭这种对于神圣抗战的赌博精神。知识与理想的栽培当然是我们动笔管的人们的本分。有科学知识当然不会迷信占卜扶觇、看相算命一类的事，赌博精神当然就会消灭了。迷信是剥削民族意志力的毒刃，我们从今日起，要立志扫除它。

物质的浪费是削弱民族威力的第二把恶斧。我们都知道我们是用外货的国家，但我们都忽略了怎样减少滥用与浪费的方法。国民的日用饮食，应该以“非不得已不用外物”为宗旨。烟酒脂粉等等消耗，谋国者固然应该设法制止，而在国民个人也须减到最低限度。大家还要做成一种群众意见，使浪费者受着被人鄙弃的不安。这样，我们每天便能在无形中节省了许多有用的物资，来做抗建的用处。

我们很满意在这过去的三年间，我们的精神并没曾被人击毁，反而增加更坚定的信念，以为民治主义的卫护，是我们正在与世界的民主国家共同肩负着的重任。我们的命运固然与欧美的民主国家有密切的联系，但我们的抗建还是我们自己的，稍存依赖的心，也许就会摔到万丈的黑崖底下。破坏秩序者不配说建设新秩序，新秩序是能保卫原有的好秩序者的职责。站在盲目蛮力所建的盟坛上的自封自奉的民主，除掉自己仆下来、盟坛被拆掉以外，没有第二条路可走，因为那盟坛是用不整齐、没秩序和腐败的砖土所砌成的。我们若要注销这笔“七七”的血账，须常联合世界的民主工匠来毁灭这违理背义的盟坛。一方面还要加倍努力于发展能力的各部门，使自己能够达到长期自给、威力累增的地步。

祝自第四个“七七”以后的层叠胜利，希望这笔血账不久会从我们的新账簿擦除掉。

1946 年 11 月

青年节对青年讲话

在二十二年前的今日也是个星期日，我还在燕京大学读书。当日在天安门聚齐，怎样向东交民巷交涉，怎样到栖凤楼去，到现在还很明显地一桩一件出现在我的回忆里。不过今天我没工夫对诸位细说当日的情形与个人的遭遇，所要说的只是“五四”运动的意义，与今后我们青年人所当努力的事情。大学生对于社会与政治的关心，是我们自古以来的传统理想，因为求学目的是在将来能为国家服务，同时也是训练各人对于目前的政治与社会问题的态度与解答。当国家在危难时期，尤其须要青年对于种种问题，与实况有深切的了解与认识。他们得到刺激之后，更能为国认真向学，与努力做人。我们常感觉到年长的执政们，有时候脑筋会迟钝一点，对于当前问题的感觉未必会像青年人那么敏锐，又因为他们的生活安定了，虽然经验与理智告诉他们应当怎样做他们却不肯照所知所见，与所当走的路途去做去行。因此，青年人的政治意见的表示，就可以刺激他们，使他们详加考虑和审慎决断。“五四”运动的意义是在这点上头，不幸事件的发生不过是偶然的。若以打人烧屋来赞扬“五四”运动当日的学生，那就是太低看了那次的学生行为了。

“五四”运动的光荣是过去了。好汉不说当年勇，我们有为的青年应当努力于现在与将来，使中国能够发展成为一个近代的国家。我每觉得我们国民的感觉太迟钝，做事固然追不上时间，思想更不用说，在教育界中间甚至有些人一点思想、一毫思想都没有。教书的人没有教育良心，读书的人没有学习毅力，互相敷衍，互相标榜，互相欺骗。当日“五四”的学生，今日有许多已是操纵国运的要人，试问他们有了什么成绩，有许多人甚至回到科举时代的习尚，以为读书人便当会做诗、写字、绘画，不但自己这样做，并且鼓励学生跟着他们将有用的时间，费在无用或难以成功的事情上。他们盲目地鼓吹保存国粹，发展中国固有文化，不知道他们所保存的只是国渣滓而已。试拿保存中国文字一件事来说，我如果不认定文字不过是传达思想的工具，就会看它为民族的神圣遗物，永远不敢改变它，甚至会做出错误的推理说，有中国文字然后有中国文化，但是我们要知道中国文字并未发展到科学化的阶段便停止了。生于现代而用原始的工具，无论如何是有害无利的。现代的文明是速度的文明，人家的进步一日万里，我们还在抱残守缺，无论如何，是会落后的。中国文字不改革，民族的进步便无希望。这是我敢断言的。我敢再进一步说，推行注音字母还不够，非得改用拼音字不可。现在许多青年导师，不但不主张改革中国文字，反而提倡书法，以为中国字特别具有艺术价值，值得提倡。说这样话的人们，大概没到过欧美图书馆去看看中古时代，僧侣们写的圣经和其他稿本。写的文字形式一样可以令人发生美感。古人闲得很，可以多用工夫消磨在写字上。现代人若将时间这样浪费，那就不应当了。文字形式的美，与其他器具，如椅桌等的一样，它的美的价值与纯艺术，如绘画、雕刻等不同，因为它主要目的在用而不在欣赏。我们要将用来变成欣赏也未尝不可，甚至欣赏到无用而有害的东西，如吸烟、打吗啡之类，也只得由人去做，不过不是应当青年人提倡的种种。近日有人教狗虱做戏，在技巧方面说是可以的，若是当它做艺术看那就太差了。提倡书法也与提倡做狗虱戏一样无关大雅，近日人好皮毛的名誉，以为能写个字，能画两笔，便是名家。因此，不肯从真学问处下功夫，这是太可惜太可怜了。

青年节是含有训练青年人的政治意识与态度的作用的。我们的民族正入到最危难的关头，国民对于民族生存的大目标固然要一致，为要达到生存的安全也要一致地努力，但对于国家前途的计划，意见纵然不一致，也当彼此容忍，开诚布公，使摩擦减少。须知我们自己若不能相容，我们便不配希望人家的帮助与同情。我们对内的严重症结在贪污与政治团体的意见分歧与互相猜忌，国防只是党防，抗战不能得预期的效果多半是由于被上头所指出的贪污的绳与猜忌的索的绊缠。这样下去，哪能了得？前几日偶然翻到日本平凡社刊行的百科大事汇，在缅甸一条里，论者说缅甸人性好猜忌，是亡国民族的特征。编者对缅甸人的观察与判断我不敢赞同。但亡了国之后，凡人类所有的劣根性都会意外地被指摘出来。我也承认亡国民族有他的特征而这些都是积渐发展而来的。前七八年我写了一篇伟大民族的条件的论文，在北平晨报发表过，我的中心意见是以为伟大民族不是天生的，须要劣根性排除，自己努力栽培自己使它习惯成自然，自然就会脱离蛮野人与鄙野人的境地。我现在要讲亡国民族的特征，除了上头所讲的两点以外，我们可以说还有五点。一、嫉妒。没落的民族的个人总是希望人家的能力学力等等都不如他。凡有比他好的，就是一分一毫，他也很在意。他专会对别人算账，自己的糊涂账却不去问，总要拿自己来与人家比，看不得一件好事情一个好见地给别人做了或提出来了，他非尽力破坏不可。这是亡国民族的一个特征。二、好名。亡国民族的个人因为地位上已有高下，尤其喜欢得着虚名，但由自己的努力得来的名誉是很少见的。名誉的来到，多是由于同党者的互相标榜。做事不认真，却要得到人家的赞美。现在单从学术的研究来说，我们常常看见报上登载的某某发明什么东西比外国发明更好。更好，固然是应该，但要不自吹。东西真是超越，也不必鼓吹。而且许多与国防上有关的发明，若是这样大吹大擂地刊报出来，岂不是大有损害？我们看见这样大吹大擂的报，总会感觉到只是发明家的好名，并非他真有所发明。三、无恒。亡国的民族个人多半不肯把一件事情做好。他做事多半为名为利，从不肯牢站在自己的岗位。凡事，只要能使他的生活安适一点，不一定是能使他的事业更有成就的，他必轻易地改变他的职业。这样永远只能在人支配之下讨生活，永不会有什么成就的。四、无情。中国一讲到无情便联想到无义，所以，无情无义是相连的。一个人对别人的痛苦艰难，毫无关心，甚至只知道自己的利益与安适，不顾全大局，间接地吃人肉，直接地掠人财。在这几年的抗战期间，出了一批发国难财的“官商”与“商官”！他们的假公济私，对于民众需要的生存与生活资料用巧妙的方法榨取与禁制，凡具有些少人心的人，对于他们无不痛恨。这种无同情心的情形，在亡国的民族中更显现得明白。五、无理想。每一个生存着和生长着的民族必定有他的生存理想。远大的理想本来不容易产生，不过要有民族永远的生存就得立一个共同的理想。在亡国民族中间，“理想”是什么还莫名其妙，哪讲什么理想呢？因为自己没有理想，所以自己的行为便翻来覆去，自己的言论便常露出矛盾的现象。女人们都要争妇女地位，反对纳妾，可是有多少受高等教育的女子们，愿意去做大官阔贾的“夫人”，只要“如”字不要，便可以自欺欺人。她们反对男子纳妾，自己却甘心作妾。还有许多政客官僚，为自己的地位与权力，忘记了他们平日的主张，在威迫利诱之下，便不顾一切，去干卖国卖群的勾当。“五四”时代热心青年中间不少是沉沦了的，这里我也不愿意多说了。

以上所讲的几点，不是说我们的民族中间都已有了这些特征，只是为要提醒我们，教大家注意一下。我们不要想着亡了国是和古时换了一个朝代一样。现代的亡国现象，决不是换朝代，是在种族上被烙上奴隶的铁印，子子孙孙永远挣扎不起来。在异族统治底下，上头所举的几个劣根性，要特别地被发展起来。颓废的生活，自我的享受，成为一般亡国民族的生活型。因为在生活的、进展的机会上，样样是被统治了的。第一是学术统制。近代的国家，感觉到将来的战争会趋于脑力高下的争斗，凡有新知识，已经秘藏了许多。去外国留学已不如从前，那么容易得人家的高深学问，将来可以料想得到，除掉街头巷尾可以买得到的教科书以外，稍为高等和专门一点的书籍，恐怕也要被统制起来，非其族人，决不传授。这样的秦皇政策，我恐怕在最近就会渐渐施行起来的。学力比人差，当然得死心塌地地受人家支配，做人家的帮手。第二是职业会受统制。就使你有同等学力与经验，在非我族类的原则底下，你是不能得到相当的职业的。有许多事业，人家决不会让你去做。一个很重要的机关，你当然不能希望进得去那门槛。就是一件普通的事业，也得尽先用自己的人，这样你纵然有很大的才干，也是没有机会发展出来了。第三是经济的统制。在奴主关系民族中间，主民族的生活待遇不用说是从奴民族榨取的。所以后者所受的待遇决不能比前者好。主人吃的是肉，狗啃的是骨头，是永世不易的公例。经济能力由于有计划的统制，越来便会越小，越小就越不敢生育。纵使生育子女，也没有力量养育他们，这样下去，民族的生存便直接受了影响。数百年后，一个原先繁荣的民族，就会走到被保存的地步。我很怕将来的中华民族也会像美洲的红印第安人一样，被划出一个地方，作为民族的保存区域，留一百几十万人，作为人类过去种族与一种文化民族遗型，供人家的学者来研究。三时五时到那区域去，看看中国人怎样用毛笔画小鸟，写草字，看看中国人怎样拜祖先和打麻雀。种种色色，我不愿意再往下说了。我只要提醒诸位，中国的命运是在青年人手里。青年现在不努力挣扎，将来要挣扎就没有机会了。将来除了用体力去换粥水以外，再也不能有什么发展了。我真是时时刻刻为中国的前途捏一把冷汗。

青年节本不是庆祝的性质，我们不是为找开心来的。我们要在这个时节默想我们自己的缺点，与补救的方法。我们当为将来而努力，回想过去，乃是帮助我们找寻新路径的一个方法。所以，青年节对于我们是有意义的。若是大家不忘记危亡的痛苦，大家努力向前向上，大家才配纪念这个青年节。我们可以说“五四”过去的成绩，是与现在的青年没有关系的。我们今后的成绩，才与现在青年节有关系。

猫 乘

猫不入六畜之数，大概因为古人要所豢养的禽兽的肉可以供祭祀及蒸享的用处，并且可以成群繁殖起来的才算家畜。在古人眼里，猫是一种神秘而有威力的动物。它的眼睛能因时变化，走路疾速而无声，升屋上树非常自在等等，都可以教人去想它是非凡的。事实上，猫在农业文化的社会的地位正如狗在游牧文化的社会里一样。古人先会养狗是当然的。汉以前人家居然知道养猫，可是没听过到市里去买猫。当时养的大都是半野的狸，猎人获到，取数十钱的代价，卖给人家。《韩非子》里，有“将狸攻鼠”“令狸执鼠”的话。《说苑》的“使麒骥捕鼠，不如百钱之狸”和《盐铁论》的“鼠穷啮狸”，都可以说明当时只有半野的狸，没有纯豢的猫。后世人虽有“家猫为猫，野猫为狸”的说法，其实上面所说的狸都是已经被养熟了的。字书说狸是里居的兽，所以狸字从里；名为猫是因“鼠善害苗，而猫能捕之，去苗之害，故字从苗”。这两说固然可以讲得过去，但对于猫字似乎还是象声为多，所以《本草纲目》说“猫有苗茅二音，其名自呼”。我们不要想猫字比狸字晚，《诗经大雅韩奕》有“有猫有虎”的一句，《郊特牲》也有“迎猫为其食鼠”的话。看来称猫，是有些尊重的意思，不然，不能用一个很恭敬的迎字。也许当时在一定的节期从田野间迎接到家里来供养的称为猫，平常养的才称为狸，后来猫的名称用开了，狸的名字也就渐渐给忘了。现在对于黑斑猫还叫做“铁狸”，也可以说猫狸两字在某一阶段也是同意义的。

农业文化的社会尊重猫，因为它能毁灭那残害禾稼的田鼠和仓廪里、家室里的家鼠。以猫为神，最早的是埃及。古埃及人知道猫在第十一朝时代，据说是从纽比亚（Nubia）传进去的。自那时代以后，埃及才有猫首人身的神像。猫神名伊路鲁士（AElums）。人当猫为神圣，甚至做成猫的木乃伊；杀猫者受死刑。他以为猫是月女神，因为它的眼睛可以像月一样有圆缺。中国古时迎猫的礼仪不可详知，从八蜡的祭礼看来，它与先啬、司啬等神同列，可见得它是相当地被尊重。祭猫的礼大概在周秦以后已经不行，所以人们不像往昔那么尊重它。黄汉《猫苑》（卷上）说：“丁雨生云，安南有猫将军庙，其神猫首人身，甚著灵异。中国人往者，必祈祷，决休咎。”这位猫神到底管什么事，不得而知，若依作者的附说，此猫字即毛字之讹，因为明朝毛尚书曾平安南，猫将军即毛尚书。这样看来，他与猫神就没什么关系了。铸画猫形来镇压老鼠的事却有些那个。《夷门广牍记》：“刻木为猫，用黄鼠狼尿，调五色画之，鼠见则避。”《猫苑》的作者弓邓椿画猫云：“僧道宏每往人家画猫则无鼠。”作者又说：“山阴童树善画墨猫，凡画于端午午时者，皆可避鼠，然不轻画也。余友张韵泉（凯）家，藏有一幅。尝谓悬此，鼠耗果靖。”（卷上形相章）又记：“吴小亭家藏王忘庵所画乌猫图，自题十六字云：‘日危，宿危，炽尔杀机。乌圆炯炯，鼠辈何知？’余按家香铁待诏，重午画钟馗，诗云，‘画猫日主金危危’，则知危日值危宿，画猫有灵。

必兼金日者，金为白虎之神，忘庵句盖本乎此。”又记：“朱赤霞上舍（城）云，凡端午日取枫瘿刻为猫枕，可辟鼠，兼可僻邪恶。”由辟鼠的功效进而可以辟盗贼。《猫苑》（卷上）有一个例。作者说：“刘月农巡尹（荫棠）云：番禺县属之沙湾茭塘界上有老鼠山。其地向为盗薮。前督李制府瑚患之，于山顶铸大铁猫以镇之。猫则张口撑爪，形制高巨。予曾缉捕至此，亲登以观。而游人往往以食物巾扇等投入猫口，谓果其腹，不知何故。”

养蚕人家也怕老鼠食蚕，故杭州人每于五月初一日看竞渡后，必向娘娘庙买泥猫回家，不专为给孩子玩，并且可以攘鼠。

以上所举的事例都含有巫术意味，并非当猫做神。清代天津船厂有铁猫将军，受敕封，每年例由天津道躬诣祭祀一次。金陵城北铁猫场有铁猫长四尺许，横卧水泊中，相传抚弄它，可以得子。每年中秋夜，士女都到那里去。这与猫没关系，乃是船锭。船又叫铁猫，是何取义，不敢强解，现在猫写作锚，也许离开本义更远了。

神怪的猫

猫与其他动物一样，活得日子长久了就会变精。袁枚《子不语》（卷二十四）记靖江张氏因为通水沟，黑气随竹竿上，化作绿眼人乘暗淫他的婢女。张求术士来作法，那黑气上坛舔道士，所舔处，皮肉如刀割。道士奔去，想渡江求救于张天师，刚到江心，看见天上黑气四起，就庆贺主人说：那妖已经被雷劈死了！张回家，看见屋角震死一只猫，有驴那么大。

猫变人的传说在欧洲也一样地很多。在术语上，猫变人叫猫人；人变猫就叫人猫。欧洲的人猫，似乎是比猫人多些。韩美（F. Hamel）在“人兽”（Human Animals）第十二章里说了下面的一个故事：一七一九年二月八日，陀素（Thurso）的牧师威廉因士（William Junes）在开陀尼士（Caithncss）审问一个女人马嘉列·连基伯（Margaret Nin—Gilbert）。那妇人承认，有一晚上，她在道上走，遇见一个魔鬼现出人形，要她与他同行同住。从那时起，她与那魔鬼就很相熟，有时它在她面前现出一匹大黑马的形状，有时骑在马上，有时像一朵黑云，有时像一只黑母鸡。这妇女显然是从一个巫师学来的巫术，所以会这样。有一个瓦匠名叫威廉孟哥麻里（William Montgomery），他的房子被许多猫侵入，以致他的妻与女仆不能再住在那里。有一晚上，威廉回家，看见五只猫在火炉边，仆人对他说：它们在那里谈话咧。在十一月二十八日，一只怪猫爬进一个贮箱的圆洞里。威廉就守在那里，若是看见有脑袋伸出来，便用刀斫下去。他果然把刀斫到那怪物的脖子上，可没逮着。一会，他打开那箱，他的仆人用斧子砍那怪猫的背后，连斧子砍在箱板上。至终那怪猫带着斧子逃脱掉。但是他连续地追，又砍了好些下，至终把它砍死。威廉亲把那死猫扔出去，可是等二天早晨，起来一看，那猫已不见了。隔了四五晚，仆人又嚷说那猫再来了。威廉用方格绒围住它，把斧子斫在它身上，到它被斧子钉在地上，又用斧背打击它的头，一直打到死，又把它扔掉。第二天早晨起来看，又不见了。很奇怪的是当斫那怪猫的时候，一滴血也没有。他一共斫了几只，都没有一只是邻人的。于是他断定那一定是巫师做的事。二月十二，住在威廉家半英里的妇人马嘉列·连基伯被告发了，她的邻人看见她掉了一条腿在她自己的门口。她那一只腿是黑的而且腐烂了。那人疑心她是女巫，就捡起来送到州官那里，州官立刻把那妇人逮捕入狱。那妇人承认她变猫走进威廉家里，被威廉砍断了一条腿，还有另外一个妇人名马嘉列·奥尔逊（Margaret Olsone）也是变了猫一同进去的。别的女巫，人看不见，因为魔鬼用黑雾遮掩着她们。

韩美又说："在法国基奥达（Giotat）附近的西里斯特村（Ceyreste）住着一个女人，她的孩子们常常有病，这个好了，那个又病起来。她不晓得要怎办。有一天，她的邻人对她说，她的婆婆也许是个巫婆，孩子们的病当与那老太太有关系。于是她对丈夫说了。两个人仔细查察孩子们的病，看看有没有巫术的影响。有一晚上，他们看见一只黑猫走近那个小婴孩的摇篮边，轻寂地走动，丈夫立刻拿起一根棍子想去打死它。他没打着那猫的身体，只中了它的爪子。那猫拼命逃走了。孩子们的祖母是每天要来看他们，问孩儿们的康健的。自从打了黑猫以后，老太太就好几天不上门来。

邻人对那丈夫说，她一定是有什么事，不肯给人知道的，可以去看看她。丈夫于是去看她的妈。一进门就看见她的一只手包起来，对着他发脾气。他假装做看不见她的伤处，只用平常很安静的话问她为什么好几天没到家去看孙子们。

那老太太回答说："我为什么要到你家去呢？看看我的手指头。假如我的手指头是给斧子砍着，不是给棍子打着，我的指头就被切断，所剩的只是残废的肢体罢了。"

中国的猫人故事比较多，因为我们没有像基督教国家的魔鬼信仰，只信物老成精的说法，所以猫也和狐狸、熊、老虎等，一样会变人。人每以猫善媚人，以致如江浙人中有信它是妓女变成的，这又是轮回信仰，与猫人无涉。但是，不必变人而能加害于人的猫，在中国也有。例如，《猫苑》卷上《毛色》所记："孙赤文云，道光丙午（1846）夏、秋间，浙中杭、绍、宁、台一带传有鬼祟，称为三脚猫者，每傍晚，有腥风一阵，辄觉有物入人家室以魅人，举国皇然。于是各家悬锣钲于室，每伺风至，奋力鸣击。鬼物畏锣声，辄遁去。如是者数月始绝。是亦物妖也。"

又据清道光时代人慵讷居士著的《咫闻录》（卷一）记：

> 甘肃凉州界，民间崇祀猫鬼神，即北史所载高氏祀猫鬼之类也。其怪用猫缢死，斋醮七七，即能通灵。后易木牌，立于门后，猫主敬祀之，旁以布袋，约五寸长，备待猫用，每窃人物。至四更许，鸡未鸣时，袋忽不见，少顷，悬于屋角。用梯取下，释袋口，倾注柜中，或米或豆，可获二石。盖妖邪所致，少可容多，祀者往往富可立致。有郡守某生辰，同僚馈干面十余石，贮于大桶。数日后，守遣人分贮，见桶上面悬结如竹纸隔，下规则空空然！惊白诸守，命役访治。时府廨后有祀此猫者，役搜得其像。当堂重责木牌四一，并笞其民，笑而遣之。后闻牌责之后，神不验矣。

又猫可以给人寄寓灵魂在它身体里头。富莱沙在《金枝集》里说了一段非洲的故事。

南非洲巴兰牙（Ba-Ranga）人中，从前有一族的人们寄他们的灵魂在一只猫身上。这猫族有一个少女低低散（Titis-han）当嫁时强要那只猫随行。她到夫家，就把那猫藏在密室，连丈夫也没见过它，也不知道她带了一只猫来。有一天，她到地里工作，猫逃出来，走入茅寮，把丈夫的战斗装饰品着起来歌唱舞蹈。孩子们听见，进去看见一只猫在那里装着怪样子。他们很骇异猫在戏弄他们，就去告诉丈夫说，有一只猫在他屋里舞蹈，还侮辱了他们。主人说，别说，我不要你们撒谎。他们于是回家，看见那猫还在那里，就把它打死。那时，他妻子立刻倒在地上，临死时，说："我在家被人杀死了!"她丈夫回来，她还可以说话，就教他快去告诉她家人。她的家族众人一听见这事，个个都立刻死了。从此这猫族绝了种。

这寄生命在别的物体上的故事，在民间传说里很多，大概与图腾有多少关系吧。

人事的猫

所谓人事的猫，是人们对于猫的行为与态度。古代罗马人以猫为自由的象征。罗马自由女神的形象是一手持杯，一手持折断的王节，脚下睡着一只猫。除去古埃及以外，以猫为神圣的恐怕要数到古罗马了。欧洲许多地方以猫为土谷神，富莱沙的名著《金枝集》里举出许多有趣的风俗，试在这里引录出来：

（一）在法国窦菲涅（Dauphine）的白里安逊（Briancen）地方，当麦熟时，农人用花带和麦穗饰猫，教它做球皮猫（Le Chatde Peau de Salle）。假如刈麦者受伤，就用那球皮猫来舔伤口。收获完了，更把它装饰起来，大家围着它舞蹈。舞完，诸女子才慎重地把它的装饰卸除掉。

（二）在波兰西勒西亚（Silesia）的格鲁尼堡（Gruneberg）地方，农人不用真猫，叫那收割田的最后一穗的农夫做多马猫（Tom Cat）。别人把墨麦秆与绿枝条围绕着他；又打一条很长的辫子系在他身上，当作他的尾巴。有时把另一个人打扮得和他一样，叫作猫，是当作女性的。多马猫与猫的工作是用一根长棍子追人来打。

（三）南洋诸岛人，有些也信猫与田禾有关，求雨时常用得着它。在南西里伯岛（Celebes），农人求雨，把猫缚在肩舆上，扛着绕行干燥的田边，同时用竹管引水。猫叫时，他们就说，主呀求你把雨降给我们。爪哇农人求雨最常用的方法是洗猫。洗猫有时是一只，有时是一对，用鼓乐在前引导。巴达维亚城，孩子们常为求雨洗猫，方法是把猫扔在水里，由它自己爬到过岸。苏门答剌有些村子在求雨时，村妇着衣服涉入水中，戽水相溅，然后扔一只黑猫进水，容它在水里泅些时候，才由它泅上岸去。妇女们戽着水随在它后头。

自从猫与魔鬼合在一起，做土谷神的猫在好些地方是要被杀的。法国有些地方，杀猫或捉猫便是到田里收获的别名。有些地方，打谷打到最后一把，农夫就将一只猫放在一起，用连枷来打死它。到最近的星期日，把它烧熟了当圣物吃。法国亚美安（Amiens）农人若说他们去杀猫便是收获完工的意思。

收获的工作完毕，他们就在田里杀死一只猫。波希米亚人把猫杀死埋在田中，为的是教禾稼不受损害。这都是土谷神的悲惨命运。

欧洲许多地方虽然还以杀猫为不吉利，但在节期当它做魔鬼或巫师的变形来处治的事也不少。

法国古时在仲夏月、复活节、忏悔日，和纪念耶稣在旷野四旬的春斋期，每在巴黎格里弗场（Place de Greve）举喜火。通常是把活猫放在一个篮子里，或琵琶桶里，或口袋里，悬在火中一根竿子上头。有时他们也烧狐狸。烧完，人民收拾火灰与烬余物回家，相信可以得到好运气。法国王常亲自举火。最末一次是一六四八年，路易十四举的。他戴着玫瑰花冠，手里也捧着一束玫瑰，举火以后，还围着火堆与大众舞蹈，舞完到市公所举行大宴会。

法国亚尔丹尼士省（Ardennes）人当春斋的第一个星期日烧猫。在火熄后，牧人把牛羊赶来，教它们越过灰烬，以为可以免除灾害。举火者必是年中最后结婚的新人，有时用男，有时用女，新人举火后，大众围着火堆舞蹈，求来丰年。

在婚礼上，有些地方也杀猫。德国爱菲尔（Eifel）地方，结婚人家在婚后几个星期举行猫击礼（Katzenschlag），法国克鲁士（Creuse）人于结婚日带一只猫到礼拜堂去，用它来打贺喜的亲友。一直把它打到死，才把它煮熟了给新郎新娘吃。波兰风俗，假如新郎是个鳏夫，在家里须要打破玻璃门，把猫扔进去，新娘才随着扔猫的地方进入洞房。

猫肉本来不是常时的食品，但有许多地方的人很喜欢吃它。富莱沙告诉我们，在纽几内亚北边的俾斯麦群岛，土人爱吃猫，常常到邻村去偷别人的猫来吃。但那里的人信猫身体的一部分如未被吃，就可以作法教那吃的人生病。他们的方法是把猫尾巴剁掉收藏起来。若是猫不见了，一定是贼人偷去吃。猫主可以把所失的猫被剁下来的尾巴取出，同符咒一齐埋在隐秘地方。那贼就会生病。在那里的猫都是没尾巴的，因为必要如此，才没人敢偷。

中国人除去药用以外，吃猫也是由于特别的嗜好，如广州人春天所嗜的龙虎羹，便是蛇与猫的时食。从一般的习惯说，猫不是正常的食品。有些地方还以为猫是杀不得的，因为一只猫管七条命，如人杀死一只猫，他得偿还七世的生命。

因为猫的形态颜色有种种不同，所以讲究养猫的都加意选择。选择的指导书是世传的《相猫经》。现在把主要的相法列举几条在下：

（一）头面要圆。面长会食鸡；所以说，“面长鸡种绝”。

（二）耳要小而薄。这样就不怕冷，所以说，“耳薄毛毡不畏寒”。头与耳都不怕长。所谓猫贵五长，是说头、尾、身、足、耳都要长，不然，便是五秃。但发微历正通书大全又说：“猫儿身短最为良。眼用金钱尾用长，面似虎威声振喊。老鼠闻之立便亡。”又说，“腰长会走家”。看来身长是不好的相。二说，不知谁是。

（三）眼要具金钱的颜色。最忌带泪和眼中有黑痕，所以说，“金眼夜明灯”。眼有黑痕的是懒相。

（四）鼻要平直。鼻钩及高耸是野性未除的相。这样的猫爱吃鸡鸭，所以说，“面长鼻梁钩，鸡鸭一网收”。

（五）须要硬而色纯。经说，“须劲虎成多”。又说，“猫儿黑白须，疴屎满神炉”。无须的会食鸡鸭。

（六）腰要短。腰长就会过家。

（七）后脚要高。后脚低就无威。

（八）爪要深藏而有油泽。露爪就会翻瓦。

（九）尾要长细而尖，尾节要短，且要常摆动。尾大主猫懒，常摆便有威，所以说，“尾长节短多伶俐”，“坐立尾常摆，虽睡鼠亦亡”。

（十）声要响亮。声音响亮是威猛的征象。

（十一）口要有坎。经说：“上颚生九坎，周年断鼠声。七坎捉三季。坎少养不成。”

（十二）顶要有拦截纹。拦截纹是顶下横纹。相畜余编记，猫有拦截纹，主威猛。有寿纹，则加八字，或加八卦，或如重弓、重山，都好。没这些纹，就懒阘无寿。

（十三）身上要无旋毛。胸口如有旋毛，主猫不寿。左旋犯狗；右旋水伤。通身有旋，凶折多殃。所以说：“耳小头圆尾又尖，胸膛无旋值千钱。”

（十四）肛要无毛。经说：“毛生屎屈，疴屎满屋。”

（十五）睡要蟠而圆，要藏头掉尾。

至于毛色，以纯黄为上，所谓“金丝猫”的就是。其次纯白的，名“雪猫”，但广东人不喜欢，叫它作“孝猫”，主不祥。再次是纯黑的，叫“铁猫”。纯色的猫通名为“四时好”。褐黄黑相兼，名为“金丝褐”。黄白黑相兼，名“玳瑁斑”。黑背白肢，白腹，名为“乌云盖雪”。四爪白，名“踏雪寻梅”。白身黑尾，最吉，名为“雪里拖枪”。通身黑而尾尖一点色名为“垂珠”。白身黑尾，额上一刚黑色的，名为

"挂印拖枪"，又名"印星"，主贵，而白身黑尾，背上一团黑色的，名为"负印拖枪"。黑身白尾，名为"银枪拖铁瓶"，又名"昆仑妲己"。白身而嘴边有衔花纹，名为"衔蚁奴"。通身白而有黄点，名为"绣虎"。身黑而有白点，名为"梅花豹"，又名"金钱梅花"。黄身白腹，名为"金聚银床"。白身黄尾，名为"金簪插银瓶"，又名"金索挂银瓶"。白身或黑身，而背上有一点黄的，名为"将军挂印"。身尾及四足俱有花斑，名为"缠得过"。这些都是入格的猫，至于黄斑，黑斑，都是狸的常形，不算希奇。此外如"狸奴""虎舅""天子妃""白老""女奴"等，是猫的别名。爱猫的也带给猫许多好名字。最雅的如唐贯休有猫名"焚虎"，宋林灵素字"金吼鲸"，明嘉靖大内的"霜眉"，清吴世蹯的"锦衣娘""银睡姑""啸碧烟"，都好。其他名字可参看《猫苑》（卷下）名物，此地不能尽录出来。

自然的猫

人与猫相处，觉得猫有许多生理上及心理上的特性。如独生猫，每为人所喜爱。中国各处有相同的口诀，说："一龙，二虎，三太保，四老鼠。"意思是独生的猫如龙，孪生的猫似虎。一胎三只以上就不大好了。闽南人的口诀是："一龙，二虎，三偷食，四背祖。"所以生三只，四只，不是懒怯，就是不认主人。但这都是人们对于猫的见解，究竟如何，也不能断定。在《贤奕》里引出一段龙猫、虎猫的笑话。

齐奄家畜一猫，自奇之，号于人曰虎猫。客说之曰，虎诚猛，不如龙之神也。请更名曰，龙猫。又客说之曰，龙固神于虎也。龙升天，须浮云。云其尚于龙乎？不如名曰云。又客说之曰，云霭蔽天，风倏散之。云固不敌风也。请名曰风。又客说之曰，大风飙起，维屏与墙，斯足蔽矣。风其如墙何？名之曰墙猫。又客说之曰，维墙虽固，维鼠穴之，墙斯圮矣，墙又如鼠何？即名曰鼠猫。东里丈人嗤之曰，猫即猫耳，胡为自失其本真哉？

这可以见得名龙，名虎，乃属主观的，不必限于独生或孪生的关系。又人对猫的观察常有错误。如说，猫捕食老鼠以后，它的耳朵必定有缺。像老虎的耳朵在吃人以后的锯缺一样。大概缺的原因是偶然的损伤，决非因吃了一个人或一只鼠就缺一块。

有一件事最显然的是猫常有吃掉自己的小猫的情形。这情形，在狗和别的动物中间也常见，不过人没注意到罢了。中国人的解释是猫当乳哺时期，属虎的人不能去看它，若是看见了，母猫必要徙窠，甚至把小猫都吃掉。空同子说："猫见寅人，则衔其儿走徙其窠。"《黄氏日抄》说："猫初生，见寅肖人，而自食其子。"但有些地方以为给属鼠的人见到，母猫就会把小猫吃掉。又李元《蠕范》说："猫食鼠，上旬食头，中旬食腹，下旬食足。"这也未见得是正确的观察，其实要看鼠的大小，及猫的性格而定。有些猫只会捕鼠，把鼠咬死就算，一口也不吃，有些只会捕鸟，看见老鼠都懒得去追。

欧洲人以为一只猫有九条命，因为它很难致死。这话在文学上用得很多。德国的谚语甚至有“一只猫有九条命；一个女人有九只猫的命”。表示女人的命比猫还要多几倍。从动物学的观点说，猫的命是由许多生理上的特长保护着它。最惹人注意的是，凡猫从高处摔下，无论如何，四条腿总是先落在地上，不会摔伤。这现象固然是由于猫的祖先升树的习性所形成，但主要的还是它能利用身体的均衡运动。脊椎动物的耳里有半圆管司身体的均衡作用。这半圆管的动用在耳目听觉以前便有了。听觉是动物进化后才显出的作用，在此以前，身体的均衡比较重要。猫还保持着它灵敏的均衡作用，所以无论人怎样扔它，它很容易地翻过身来，使四只脚先着地。而且它的脚像安着弹簧一样，受全身的重力，一点也没受伤。如果一只猫不会这样，那就是因为它太被豢养惯了。

猫的触须很长，这也是哺乳动物所常有的，即如鲸的上唇也有。不过在猫族中，触须特别发达，因为它们要走在黑暗地方，这须于感觉的帮助很大。猫还有特灵的嗅觉和听觉。家猫与野猫都可以辨别极细微的声音。从这些声音，它们可以认识是从什么地方，什么东西发出的，但是它们所认的不是音的高低，乃是声的大小，它们能听人的说话，并不像狗那样真能懂得，只是由声的大小供给它们的联想而已。

猫可以在夜间看见东西。这是因为猫类多半是夜猎的兽，非到昏暗不出来，它们能利用微暗的光来看东西。它们的瞳子，因为须要光度的大小，而形成伸缩作用。所谓猫眼知时，乃是受光的强弱所生现象。关于依猫眼测时间的歌诀很多，最常见的是：“子午线，卯酉圆，寅申巳亥银杏样，辰戌丑未侧如钱。”这在平常的时候，固然可以，如果在天阴、暗室里，就不一定准了。在越黑暗的地方，猫的瞳子放得越大。眼的网膜有一层光滑如镜的薄面，这也是帮助它能在暗处见物的一件法宝。因为它有这样的网膜，所以人每见它在暗处两眼发光。但在无光的地方如物理实验的暗房里，猫眼也不能被看见，因为所有的眼都不能自发光辉。所有的猫都是色盲的。它们住在一个灰色的世界里。它们虽然能够分辨红白，但也不是从色素，只是由光的刺激的大小分别出来。我们可以说猫不只是音聋和色盲，并且于听视二觉都有缺陷。它本是夜猎的兽类，所以对于声音与颜色只须能够辨别大小远近就够了。

俗语说："猫认屋，狗认人。"猫有本领认识它所住的地方，虽然把它送到很远，若不隔着水和高墙，它总会寻道回来。这个本领在林栖的动物中常有，尤其是在乳哺期间，母兽必有寻道还窠的能力，不然，小兽就会有危险。

中国书上常说，猫的鼻端常冷，唯夏至一日暖。这是因为它的鼻常湿，为要增加嗅觉作用，与阴阳气无关。

猫的感情作用，最显然的是见到狗或恐怖时，全身的毛竖立起来。不过这不必每只猫都是一样，有的与狗做朋友，见了一点也不害怕。毛竖的现象，在人类与其他哺乳动物都有，在肾脏的前头有一个小小的器官，名叫“肾上腺”，它是对付一切非常境遇的器官。从这腺分泌肾上腺硷（Adrena-Iin）游离于血液中间，分布到全身。这种分泌物，现在叫作“兴奋体”（Hormones）。它们是“化学的传信者”，常为保持身体的利益而分泌到身上各部分。肾上腺硷，一分泌出来，就可以增加血液的压力，紧张肌肉，增加心动等；还可以激动毛发下的小肌肉使毛发竖立起来。身体有强烈的情绪就是神经受了大刺激，如系属于恐怖的，肾上腺硷立时要分泌出来，使血液里的糖分增加散布到各部分，它的主要功用，可以振奋精神，如受伤出血时，可以使血在伤口凝结得快些。所以猫和人一样，在预备争斗或恐怖的时候，血里都满布着肾上腺硷。这兴奋体是近代的发现，医药家每取肾上腺硷来做止血药及提神药，大概所有的药房都可以买得到。

猫一竖毛，同时便发出吼声，身体四肢作备斗的姿势，它的生理上的变化也和人类一样。第一步是愤怒，由愤怒刺激肾上腺，肾上腺急激地制造肾上腺硷，分泌出来随着血液传达到全身。身体于是完成争斗的预备而示现争斗的姿势。若是争斗起来，此肾上腺硷一方面激起兴奋作用；受伤时，就显止血作用，若是斗不起来，情绪便渐渐松弛，身体姿势也就渐次复元了。

猫是最美丽最优雅的小动物，从来养它的人们不一定是为捕鼠，多是当它做家里的小伴侣。普通的家猫可分为两类，一类是长毛种，另一类是短毛种，前者比较贵重，后者比较常见。长毛猫不是中国种，最有名的是“金奇罗”（Chinchilia），它的眼睛，绿得很可爱。其次是“师莫克”（Smoke），它有琥珀样的眼睛。这两种长毛猫在欧洲的名品很多，毛色多带灰蓝，但其他色泽也有。还有一种名“达比士”（Tabbies），也很可贵。所有长毛猫都是一个原种变化出来的。中国的长毛猫古时多从波斯输入，所以也称为波斯猫或狮猫。短毛猫各国都有。讲究养猫的，都知道此中的优种是亚比亚尼亚种、俄罗斯种、暹罗种。亚比亚尼亚猫很像埃及种，大概是古埃及的遗种。这种猫身尾脚耳都很长，颜色多为黑，褐，很少白的。俄罗斯猫眼带绿色，毛细而密，为北方优种。暹罗猫多乳白色，头脚尾褐色，宝蓝眼，从前只饲于宫中，近来才流出各处。此外，如英国的人岛猫，属于短毛类，它的奇特处是没有尾巴，像兔子一样。中国的特种猫，据《猫苑》说，有闽粤交界的南澳岛所产的歧尾猫，这种猫的尾巴是卷曲的，名叫麒麟尾，或如意尾，很会捕鼠。又四川简州有一种四耳猫，耳中另有小耳，擅于捕鼠，州官每用来充作方物贡送寅僚，四川通志和袁枚《续子不语》（卷四）都记载这话，但不知道所谓四耳，究竟是怎样的。

以上关于猫的话，不过是略述猫的神话、人事与自然三方面。因为它对于人的关系那么久远，养它的人不一定是为治鼠，才把它留在家里。它也是家庭的好伴侣，若将它与狗来比，它是静的和女性的，狗正与它相反。作者一向爱猫，故此不惮烦地写了这一大篇给同爱的读者。

老鸦咀

无论什么艺术作品，选材最难。许多人不明白写文章与绘画一样，善于描写禽虫的不一定能画山水，善于描写人物的不一定能写花卉，即如同在山水画的范围内，设色，取景，布局，要各有各的心胸才能显出各的长处，文章也是如此。有许多事情，在甲以为是描写的好材料，在乙便以为不足道，在甲以为能写得非常动情，在乙写来，只是淡淡无奇，这是作者性格所使然，是一个作家首应理会的。

穷苦的生活用颜色来描比用文字来写更难，近人许多兴到农村去画什么饥荒、兵灾，看来总觉得他们的艺术手段不够，不能引起观者的同感，有些只顾在色的渲染，有些只顾在画面堆上种种触目惊心的形状，不是失于不美，便是失于过美。过美的，使人觉得那不过是一幅画，不美的便不能引起人的快感，哪能成为艺术作品呢？所以"流民图"一类的作品只是宣传画的一种，不能算为纯正艺术作品。

近日上海几位以洋画名家而自诩为擅汉画的大画师、教授，每好作什么英雄独立图、醒狮图、骏马图。"雄鸡一声天下白"之类，借重名流如蔡先生褚先生等，替他们吹嘘，展览会从亚洲开到欧洲，到处招摇，直失画家风格。我在展览会见过的马腿，都很像古时世拉夫的鸡脚，都像鹤膝，光与体的描画每多错误，不晓得一般高明的鉴赏家何以单单称赏那些，他们画马，画鹰，画公鸡给军人看，借此鼓励鼓动他们，倒也算是画家为国服务的一法，如果说“沙龙”的人都赞为得未曾有的东方画，那就失礼了。

当众挥毫不是很高尚的事，这是走江湖人的伎俩。要人信他的艺术高超，所以得在人前表演一下。打拳卖膏药的在人众围观的时节，所演的从第一代祖师以来都是那一套。我看过许多“当众挥毫会”，深知某师必画鸟，某师必画鱼，某师必画鸦，样式不过三四，尺寸也不过五六，因为画熟了，几撇几点，一题，便成杰作，那样，要好画，真如煮沙欲其成饭了，古人雅集，兴到偶尔，就现成纸帛一两挥，本不为传，不为博人称赏，故只字点墨，都堪宝贵，今人当众大批制画，伧气满纸，其术或佳，其艺则涉。

画面题识，能免则免，因为字与画无论如何是两样东西，借几句文词来烘托画意，便见作者对于自己艺术未能信赖，要告诉人他画的都是什么，有些自大自满的画家还在纸上题些不相干的话，更是傀头。古代杰作，都无题识，甚至作者的名字都没有。有的也在画面上不相干的地方，如树边石罅，枝下等处淡淡地写个名字，记个年月而已。今人用大字题名题诗词，记跋，用大图章，甚至题占画面十分之七八，我要问观者是来读书还是读画？有题记瘾的画家，不忍将纸分为两部分，一部作画，一部题字，界限分明，才可以保持画面的完整。

近人写文喜用“三部曲”为题，这也是洋八股。为什么一定要“三部”？作者或者也莫名其妙，像“憧憬”是什么意思，我问过许多作者，除了懂日本文的以外，多数不懂，只因人家用开，顺其大意，他们也跟着用起来，用三部曲为题的恐怕也是如此。

慕

爱德华路的尽头已离村庄不远，那里都是富人的别墅。路东那间聚石旧馆便是名女士吴素霄的住家。馆前的藤花从短墙蔓延在路边的乌桕和邻居的篱笆上，把便道装饰得更华丽。

一个夫役拉着垃圾车来到门口，按按铃子，随即有个中年女佣捧着一畚箕的废物出来。

夫役接过畚箕来就倒入车里，一面问："陵妈，为什么今天的废纸格外多？又有人寄东西来送你姑娘吗？"

"哪里？这些纸不过是早晨来的一封信……"她回头看看后面，才接着说，"我们姑娘的脾气非常奇怪。看这封信的光景，恐怕要闹出人命来。"

"怎么？"他注视车中的废纸，用手拨了几拨，他说，"这里头没有什么，我且说到的是怎么一回事。"

"在我们姑娘的朋友中，我真没见过有一位比陈先生好的。我以前不是说过他的事情吗？"

"是，你说过他的才情、相貌和举止都不像平常人。许是你们姑娘羡慕他，喜欢他，他不愿意？"

"哪里？你说的正相反哪。有一天，陈先生寄一封信和一颗很大的金刚石来，她还没有看信，说把那宝贝从窗户扔出去……"

“那不太可惜吗?”

“自然是很可惜。那金刚石现在还沉在池底的污泥中呢!”

“太可惜了!太可惜了!你们为何不把它淘起来?”

“呆子,你说得太容易了!那么大的池,往哪里淘去?况且是姑娘故意扔下去的,谁敢犯她?”

“那么,信里说的是什么?”

“那封信,她没看就搓了,交给我拿去烧毁。我私下把信摊起来看,可惜我认得的字不多,只能半猜半认地念。我看见那信,教我好几天坐卧不安……”

“你且说下去。”

“陈先生在信里说,金刚石是他父亲留下来给他的。他除了这宝贝以外没有别的财产。因为羡慕我们姑娘的缘故,愿意取出,送给她佩戴。”

“陈先生真呆呀!”

“谁能这样说?我只怪我们的姑娘……”她说到这里,又回头望。那条路本是很清静,不妨站在一边长谈,所以她又往下说。

“又有一次,陈先生又送一幅画来给她,画后面贴着一张条子。说,那是他生平最得意的画儿,曾在什么会里得过什么金牌的。因为羡慕她,所以要用自己最宝重的东西奉送。谁知我们姑娘‘哼’了一声,随把画儿撕得稀烂!”

“你们姑娘连金刚石都不要了,一幅画儿值得什么?他岂不是轻看你们姑娘吗?若是我做你们姑娘,我也要生气的。你说陈先生聪明,他到底比我笨。他应当拿些比金刚石更贵的东西来孝敬你们姑娘。”

“不，不然，你还不……”

“我说，陈先生何苦要这样做？若是要娶妻子，将那金刚石去换钱，一百个也娶得来，何必定要你们姑娘！”

“陈先生始终没说要我们姑娘，他只说羡慕我们姑娘。”

“那么，以后怎样呢？”

“寄画儿，不过是前十几天的事。最后来的，就是这封信了。”

“哦，这封信。”他把车里的纸捡起来，扬了一扬，翻着看，说，“这纯是白纸，没有字呀！”

“可不是。这封信奇怪极了。早晨来的时候，我就看见信面写着：‘若是尊重我，就请费神拆开这信，否则请用火毁掉。’我们姑娘还是不看，教我拿去毁掉。我总是要看里头到底是什么，就把信拆开了。我拆来拆去，全是一张张的白纸。我不耐烦就想拿去投入火里，回头一望，又舍不得，于是一直拆下去。到末了是他自己画的一张小照。”她顺手伸入车里把那小照翻出来，指给夫役看。她说：“你看，多么俊美的男子！”

“这脸上黑一块、白一块的有什么俊美？”

“你真不懂得……你看旁边的字……”

“我不认得字，还是你说给我听罢。”

陵妈用指头指着念：“尊贵的女友：我所有的都给你了，我所给你的，都被你拒绝了。现在我只剩下这一条命，可以给你，作为我最后的礼物……”

“谁问他要命呢？你说他聪明，他简直是一条糊涂虫！”

陵妈没有回答，直往下念：“我知道你是喜欢的。但在我归去以前，我要送你这……”

“陵妈，陵妈，姑娘叫你呢。”这声音从园里的台阶上嚷出来，把他们的喁语冲破。陵妈把小照放入车中说：“我得进去……”

“这人命的事，你得对姑娘说。”

“谁敢？她不但没教我拆开这信，且命我拿去烧毁。若是我对她说，岂不是赶蚂蚁上身！我嫌费身，没把它烧了。你速速推走罢，待一会，她知道了就不方便。”她说完，匆匆忙忙，就把疏阑的铁门关上。

那夫役引着垃圾车子往别家去了。方才那张小照被无意的风刮到了地上，随着落花，任人践踏。然而这还算是那小照的幸运。流落在道上，也许会给往来的士女们捡去供养；就使给无知的孩子捡去，摆弄完，才把它撕破，也胜过让夫役运去，葬在垃圾冈里。

小　说

法　眼

“前几个月这城曾经关闭过十几天，听说是反革命军与正革命军开仗的缘故。两军的旗号是一样的，实力是一样的，宗旨是一样的，甚至党纲也是一样的。不过，为什么打起来？双方都说是为国，为民，为人道，为正义，为和平……为种种说不出来的美善理想，所以打仗的目的也是一样！但是，依据什么思想家的考察，说是‘红马’和‘白狗’在里头作怪。思想家说，‘马’是‘马克思’，或是马克思主义的走马；‘红’就是我们所知道的‘红’；‘狗’自然是‘狗必多’，或是什么资本，帝国主义的走狗；‘白’也是我们所常知道的‘白’。”

“白狗和红马打起来，可苦了城里头的‘灰猫’！灰猫者谁？不在前线的谁都不是！常人好像三条腿的灰猫，色彩不分明，身体又残缺，生活自然不顺，幸而遇见瞎眼耗子，他们还可以饱一顿天赐之粮，不幸而遇见那红马与白狗在他们的住宅里抛炸弹，在他们的田地里开壕沟，弄得他们欲生不能，求死不得，只能向天嚷着说：‘真命什么时候下来啊！’”

“这是谁说的呢？”

“这一段话好像是谁说过的，一下子记不清楚了。现在先不管它到底是哪一方的革命是具有真正的目的，据说在革命时代，凡能指挥兵士，或指导民众，或利用民众的暴力财力及其他等等的人们的行为都是正的，对的，因为愚随智和弱随强是天演的公例。民众既是三条腿的灰猫，物力心力自然不如红马和白狗，所以也得由着他们驱东便东，逐西便西，敢有一言，便是‘反革命’。像我便是担了反革命的罪名到这里来的，其实我也不知道所反的是哪一种革命，不过我为不主张那毁家灭宅的民死主义而写了一篇论文罢了。”

这是在一个离城不远的新式监狱里两个青年囚犯当着狱卒不在面前的时候隔着铁门的对话。看他们的样子，好像是新近被宣告有反动行为判处徒刑的两个大学生。罪本不重，人又很斯文，所以狱卒也不很严厉地监视他们。但依法，他们是不许谈话的。他们日间的劳工只是抄写，所以比其余的囚徒较为安适。在回监的时候，他们常偷偷地低谈。狱卒看见了，有时也干涉了下，但不像对待别的囚徒用法权来制止他们。他们的囚号一个是九五四，一个是九五一。

“你方才说这城关闭了十几天是从哪里得来的消息？我有亲戚在城里，不晓得他们现在怎样？”他说时，现出很忧虑的样子。

九五四回答说：“今天狱吏叫我到病监里去替一个进监不久却病得很沉重的囚犯记录些给亲属的遗言，这消息是从他那听来的。”

“那是一个什么人？”九五一问。

“一个平常的农人罢。”

“犯了什么事？”

九五四摇摇头说：“还不是经济问题？在监里除掉一两个像我们犯的糊涂罪名以外，谁不都是为饮食和男女吗？说来他的事情也很有趣。我且把从他和从别的狱卒听来的事情慢慢地说给你听吧。”

“这城关了十几天，城里的粮食已经不够三天的用度，于是司令官不得不偷偷地把西门开了一会，放些难民出城，不然城里不用外攻，便要内讧了。据他说，那天开城是在天未亮的时候，出城的人不许多带东西，也不许声张，更不许打着灯笼。城里的人得着开城的消息，在前一晚上，已经有人抱着孩子，背着包袱，站在城门洞等着。好容易三更盼到四更，四更盼到五更，城门才开了半扇，这一开，不说脚步的声音，就是喘气的声音也足以赛过飞机。不许声张，成吗?”

“天已经快亮了。天一亮，城门就要再关闭的。再一关闭，什么时候会再开，天也不知道。因为有这样的顾虑，那班灰猫真得拼命地挤。他现在名字是‘九九九’，我就管他叫‘九九九’吧。原来‘九九九’也是一只逃难的灰猫，他也跟着人家挤。他胸前是一个女人，双手高举着一个包袱。他背后又是黑压压的一大群。谁也看不清是谁，谁也听不清谁的声音。为丢东西而哭的，更不能遵守那静默的命令，所以在黑暗中，只听见许多悲惨的嚷声。”

“他前头那女人忽然回头把包袱递给他说：‘大嫂，你先给我拿着吧，我的孩子教人挤下去了。’他好容易伸出手来，接着包袱，只听见那女人连哭带嚷说，‘别挤啦！挤死人啦！我的孩子在底下哪！别挤啦！踩死人啦！’人们还是没见，照样地向前挤，挤来挤去，那女人的哭声也没有了，她的影儿也不见了。九九九顶着两个包袱，自己的脚不自由地向着抵抗力最弱的前方进步，好容易才出了城。”

“他手里提着一个别人的和一个自己的包袱，站在桥头众人必经之地守望着。但交给谁呢？他又不认得。等到天亮，至终没有女人来问他要那个包袱。”

“城门依然关闭了，作战的形势忽然紧张起来，飞机的声音震动远近。他慢慢走，直到看见飞机的炸弹远远掉在城里的党旗台上爆炸了，才不得不拼命地逃。他在歧途上，四顾茫茫，耳目所触都是炮烟弹响，也不晓得要往哪里去。还是照着原先的主意回本村去吧。他说他也三四年没回家，家里也三四年没信了。”

“他背着别人的包袱像是自己的一样，唯恐兵或匪要来充主人硬领回去。一路上小心，走了一天多才到家。但他的村连年闹的都是兵来匪去、匪来兵去这一套‘出将入相’的戏文。家呢？只是一片瓦砾场，认不出来了。田地呢？一沟一沟的水，由战壕一变而为运粮河了。妻子呢。不见了！可是村里还剩下断垣裂壁的三两家和枯枝零落几棵树，连老鸦也不在上头歇了。他正在张望徘徊的时候，一个好些年没见面的老婆婆从一间破房子出来。老婆婆是他的堂大妈，对他说他女人前年把田地卖了几百块钱带着孩子往城里找他去了。据他大妈说卖田地是他媳妇接到他的信说要在城里开小买卖，教她卖了，全家搬到城里住。他这才知道他妻子两年来也许就与他同住在一个城里。心里只诧异着，因为他并没写信回来教卖田，其中必定另有缘故。他盘究了一两句，老婆婆也说不清，于是他便找一个僻静的地方，打开包袱一看，三件女衣两条裤子，四五身孩子衣服，还有一本小摺子两百块现洋，和一包银票同包在一条小手巾里面。‘有钱！天赐的呀！’他这样想。但他想起前几天晚间在城门洞接到包袱时候的光景，又想着这恐怕是孤儿寡妇的钱吗。占为己有，恐怕有点不对，但若不占为己有，又当交给谁呢？想来想去，拿起小摺子翻开一看，一个字也认不得。村里两三家人都没有一个人认得字。他想那定是天赐的了，也许是因为妻子把他的产业和孩子带走，跟着别的男人过活去了，天才赐这一注横财来帮补帮补。'得，我未负人，人却负我'，他心里自然会这样想。他想着他许老天爷为怜悯他，再送一份财礼给他，教他另娶吧。他在村里住了几天，听人说城里已经平复，便想着再回到城里去。"

"城已经被攻破了，前半个月那种恐慌渐渐地被人忘却。九九九本来是在一个公馆里当园丁，这次回来，主人已经回籍，目前不能找到相当的事，便在一家小客栈住下。"

"惯于无中生有的便衣侦探最注意的是小客栈、下处，酒楼等等地方。他们不管好歹，凡是住栈房的在无论什么时候，都有盘查的必要，九九九在自己屋里把包袱里的小手巾打开，拿出摺子来翻翻，还是看不懂。放下摺子，拿起现洋和钞票一五一十这样地数着，一共数了一千二百多块钱。这个他可认识，不由得心里高兴，几乎要嚷出来。他的钱都是进一个出一个的，哪里禁得起发这一注横财。他挝了一把银子和一叠钞票往口袋里塞，想着先到街上吃一顿好馆子。有一千多块钱，还舍不得吃吗？得，吃饱了再说。反正有钱，就是妻子跟人跑了也不要紧。他想着大吃一顿可以消灭他过去的忧郁，可以发扬他新得的高兴。他正在把银子包在包袱里预备出门的时候，可巧被那眼睛比苍蝇还多的便衣侦探瞥见了。他开始被人注意，自己却不知道。"

“九九九先到估衣铺，买了一件很漂亮的青布大衫罩在他的破棉袄上头。他平时听人说同心楼是城里顶阔的饭庄，连外国人也常到那里去吃饭，不用细想，自然是到那里去吃一顿饱，也可以借此见见世面。他雇一辆车到同心楼去，他问伙计顶贵的菜是什么。伙计以为他是打哈哈，信口便说十八块的燕窝，十四块的鱼翅，二十块的熊掌，十六块的鲍鱼……说得天花乱坠。他只懂得燕窝鱼翅是贵菜，所以对伙计说：‘不管是燕窝，是鱼翅，是鲍鱼，是银耳，你只给做四盘一汤顶贵的菜来下酒。’‘顶贵的菜，现时得不了，您哪，您要，先放下定钱，今晚上来吃罢。现在随便吃吃得啦。’伙计这样说。‘好罢。你要多少定钱?’他一面说一面把一叠钞票掏出来。伙计给他一算，说：‘要吃顶好的四盘一汤合算起来就得花五十二块，您哪。多少位?’他说一句：‘只我一个人!’便拿了六张十圆钞票交给伙计，另外点了些菜吃。那头一顿就吃了十几块钱，已经撑得他饱饱的。肚子里一向少吃油腻，加以多吃，自是不好过。回到客栈，躺了好几点钟，肚子里头怪难受，想着晚上不去吃罢，钱又已经付了，五十三块可不是少数，还是去罢。”

“吃了两顿贵菜，可一连泻了好几天。他吃病了。最初舍不得花钱，找那个大夫也没把他治好。后来进了一个小医院，在那里头又住了四五天。他正躺在床上后悔，门便被人推开了。进来两个巡警，一个问：‘你是汪绶吗?’‘是。’他毫不惊惶地回答。一个巡警说：‘就是他，不错，把他带走再说吧。’他们不由分说，七手八脚，给那病人一个五花大绑，好像要押赴刑场似的，旁人都不晓得是怎么一回事，也不便打听，看着他们把他扶上车一直地去了。”

“由发横财的汪绶一变而为现在的九九九的关键就在最后的那一番。他已经在不同的衙门被审过好几次，最后连贼带证被送到地方法院刑庭里。在判他有罪的最后一庭，推事问他钱是不是他的，或是他抢来的。他还说是他的。推事问：‘既是你的，一共有多少钱？’他回答一共有一千多。又问：‘怎样得的那么些钱？你不过是个种园子的？’”

“‘种地的钱积下来的。’他这样回答。推事问：‘这摺子是你的吗？’他见又问起那摺子，再也不能撒谎了，他只静默着。推事说：‘凭这招子就可以断定不是你的钱，摺子是姓汪的倒不错，可不是叫汪绶。你老实说罢。’他不能再瞒了，他本来不晓得欺瞒，因为他觉得他并没抢人，也没骗人，不过叫最初审的问官给他打怕了，他只能定是他自己的，或是抢人家的，若说是捡的或人家给的话，当然还要挨打。他曾一度自认是抢来的。幸而官厅没把他马上就枪毙，也许是因为没有事主出来证明罢。推事也疑惑他不是抢来的，所以还不用强烈的话来逼迫他。后来倒是他自己说了真话。推事说：‘你受人的寄托，纵使物主不来问你要，也不能算为你自己的。’‘那么我当交给谁呢？放在路边吗？交给别人吗？物主只有一个，他既不来取回去，我自然得拿着。钱在我手里那么久，既然没有人来要，岂不是一注天财吗？’推事说：‘你应当交给巡警。’他沉思了一会，便回答说：‘为什么要交给巡警呢？巡警也不是物主呀。’”

九五一点头说：“可不是！他又没受过公民教育，也不知道什么叫法律。现在的法律是仿效罗马法为基础的西洋法律，用来治我们这班久经浸润于人情世道的中国人，那岂不是顶滑稽的事吗？依我们的人情和道理说来，拾金不昧固然是美德，然而要一个衣食不丰、生活不裕、知识不足的常人来做，到底很勉强。郭巨掘地得金，并没看见他去报官，除袁子才以外，人都赞他是行孝之报。九九九并不是没等，等到不得不离开那城的时候才离开，已算是贤而又贤的人了，何况他回家又遇见那家散人亡的惨事。手里所有的钱财自然可以使他因安慰而想到是天所赏赐。也许他曾想过这老天爷借着那妇人的手交给他的。”

九五四说：“他自是这样想。但是他还没理会‘窃钩者诛，窃国者侯’这句格言在革命时代有时还可以应用得着。在无论什么时候，凡有统治与被治两种阶级的社会，就许大掠不许小掠，许大窃不许小窃，许大取不许小取。他没能力行大取，却来一下小取，可就活该了。推事判他一个侵占罪，因为情有可原，处他三年零六个月的徒刑，贼物牌示候领。这就是九九九到这里来的原委。”

九五一问：“他来多久了？”

“有两个星期了罢。刚来的时候，还没病得这么厉害。管他的狱卒以为他偷懒，强迫他做苦工。不到一个星期就不成了，不得已才把他送到病监去。”

九五一发出同情的声音低低地说：“咳，他们每以为初进监的囚犯都是偷懒装病的，这次可办错了。难道他们办错事，就没有罪吗？哼！”

九五四还要往下说，蓦然看见狱卒的影儿，便低声说：“再谈罢，狱卒来了。”他们各人坐在囚床上，各自装作看善书的样子。一会，封了门，他们都得依法安睡。除掉从监外的坟堆送来继续的蟋蟀声音以外，在监里，只见狱里的逻卒走来走去，一切都静默了。

狱中的一个星期像过得很慢，可是九九九已于昨晚上气绝了。九五四在他死这前一天还被派去誊录他入狱后的报告。那早晨狱卒把尸身验完，便移到尸房去预备入殓，正在忙的时候，一个女人连嚷带哭他说要找汪绶。狱卒说："汪绶昨晚上刚死掉，不能见了。"女人更哭得厉害，说汪绶是她的丈夫。典狱长恰巧出来，问明情由，便命人带他到办公室去细问她。

她说丈夫汪绶已经出门好几年了。前年家里闹兵闹匪，忽然接到汪绶的信，叫把家产变卖同到城里做小买卖。她于是卖得几百块钱，带着一个两岁的孩子到城里来找他。不料来到城里才知道被人暗算了，是同村的一个坏人想骗她出来，连人带钱骗到关东去。好在她很机灵，到城里一见不是本夫，就要给那人过不去。那人因为骗不过，便逃走了。她在城里，人面生疏怎找也找不着她丈夫。有人说他当兵去了，有人说他死了，坏人才打那主意。因此她很失望地就去给人做针黹活计，洗衣服，慢慢也会用钱去放利息，又曾加入有奖储蓄会，给她得了几百块钱奖，总共算起来连本带利一共有一千三百多块。往来的账目都用她的孩子汪富儿的名字写在摺子上头。据她说前几个月城里闹什么监元帅和酱元帅打仗，把城里家家的饭锅几乎都砸碎了。城关了好几十天，好容易听见要开城放人。她和同院住的王大嫂于是把钱都收回来，带着孩子跟着人挤，打算先回村里躲躲。不料城门非常拥挤，把孩子挤没了。她急起来，不知把包袱交给了谁，心里只记得是交给王大嫂。至终孩子也没找着，王大嫂和包袱也丢了。城门再关的时候，他还留在门洞里。到逃难的人们全被轰散了，她才看见地下血迹模糊，衣服破碎，那种悲惨情形，实在难以形容。被踹死的不止一个孩子，其余老的幼的还有好些。地面上的巡警又不许人抢东西，到底她的孩子还有没有命虽不得而知，看来多半也被踹死了。她至终留在城里，身边只剩几十块钱。好几个星期过去，一点消息也没有，急得她几乎发狂。有一天，王大嫂回来了。她问要包袱。王大嫂说她们彼此早就挤散了，哪里见她的包袱。两个人争辩了好些时，至终还是到法庭去求解决。法官自然把王大嫂押起来，等候证据充足，才宣告她的罪状。可惜她的案件与汪绶的案件不是同一个法官审理的。她报的钱财数目是一千三百块，把摺子的名字写作汪扶尔。她也不晓得她丈夫已改名叫汪绶，只说他的小名叫大头。这一来，弄得同时审理的两桩异名同事的案子凑不在一起。前天同院子一个在高等法院当小差使的男子把报上的法庭判辞和招领报告告诉她，她才知道当时恰巧把包袱交给了她丈夫，她一听见这消息，立刻就到监里。但是那天不是探望囚犯的日子，她怎样央告，守门的狱卒也不理她，他们自然也不晓得这场冤枉事和她丈夫的病态，不通融办理，也是应当的。可惜他永远不知道那是他自己的钱哪！前天若能见着她，也许他就不会死了。

典狱长听她分诉以后，也不禁长叹了一声。说："你们都是很可怜的。现在他已经死了，你就到法院去把钱领回去吧。法官并没冤枉他。我们办事是依法处理的，就是据情也不会想到是他自己妻子交给他的包袱。你去把钱领回来，除他用了一百几十元以外，有了那么些钱，还怕养你不活吗？"典狱长用很多好话来安慰她，好容易把她劝过来。妇人要去看尸首，便即有人带她去了。

典狱长转过身来，看见公案上放着一封文书。拆开一看，原来是庆祝什么战胜特赦犯人的命令和名单，其中也有九五四和九五一的号头。他伏在案上画押，屋里一时都静默了。砚台上的水光反射在墙上挂着那幅西洋正义的女神的脸。门口站着一个听差的狱卒，也静静地望着那蒙着眼睛一手持剑一手持秤的神像。监外坟堆里偶然又送些断续的虫声到屋里来。

归途

她坐在厅上一条板凳上头，一手支颐，在那里纳闷。这是一家佣工介绍所。已经过了糖瓜祭灶的日子，所有候工的女人们都已回家了，唯独她在介绍所里借住了二十几天，没有人雇她，反欠下媒婆王姥姥十几吊钱。姥姥从街上回来，她还坐在那里，动也不动一下，好像不理会的样子。

王姥姥走到厅上，把买来的年货放在桌上，一面把她的围脖取下来，然后坐下，喘几口气。她对那女人说："我说，大嫂，后天就是年初一，个人得打个人的主意了。你打算怎办呢？你可不能在我这儿过年，我想你还是先回老家，等过了元宵再来罢。"

她蓦然听见王姥姥这些话，全身直像被冷水浇过一样，话也说不出来。停了半晌，眼眶一红，才说："我还该你的钱哪。我身边一个大子也没有，怎能回家呢？若不然，谁不想回家？我已经十一二年没回家了。我出门的时候，我的大妞儿才五岁，这么些年没见面，她爹死，她也不知道，论理我早就该回家看看。无奈……"她的喉咙受不了伤心的冲激，至终不能把她的话说完，只把泪和涕来补足她所要表示的意思。

王姥姥虽想撵她，只为十几吊钱的债权关系，怕她一去不回头，所以也不十分压迫她。她到里间，把身子倒在冷炕上头，继续地流她的苦泪。净哭是不成的，她总得想法子。她爬起来，在炕边拿过小包袱来，打开，翻翻那几件破衣服。在前几年，当她随着丈夫在河南一个地方的营盘当差的时候，也曾有过好几件皮袄。自从编遣的命令一下，凡是受编遣的就得为他的职业拼命。她的丈夫在郑州那一仗，也随着那位总指挥亡于阵上。败军的眷属在逃亡的时候自然不能多带行李。她好容易把些少细软带在身边，日子就靠着零当整卖这样过去。现在她什么都没有了，只剩下当日丈夫所用的一把小手枪和两颗枪子。许久她就想着把它卖出去，只是得不到相当的人来买。此外还有丈夫剩下的一件军装大氅和一顶三块瓦式的破皮帽。那大氅也就是她的被窝，在严寒时节，一刻也离不了它。她自然不敢教人看见她有一把小手枪，拿出来看一会，赶快地又藏在那件破大氅的口袋里头。小包袱里只剩下几件破衣服，卖也卖不得，吃也吃不得。她叹了一声，把它们包好，仍旧支着下巴颚纳闷。

黄昏到了，她还坐在那冷屋里头。王姥姥正在明间做晚饭，忽然门外来了一个男人。看他穿的那件镶红边的蓝大褂，可以知道他是附近一所公寓的听差。那人进了屋里，对王姥姥说："今晚九点左右去一个。"

"谁要呀？"王姥姥问。

"陈科长。"那人回答。

"那么，还是找鸾喜去罢。"

"谁都成，可别误了。"他说着，就出门去了。

她在屋里听见外边要一个人，心里暗喜说，天爷到底不绝人的生路，在这时期还留给她一个吃饭的机会。她走出来，对王姥姥说："姥姥，让我去罢。"

"你哪儿成呀？"王姥姥冷笑着回答她。

"为什么不成呀？"

"你还不明白吗？人家要上炕的。"

"怎样上炕呢？"

"说是呢！你一点也不明白！"王姥姥笑着在她的耳边如此如彼解释了些话语，然后说，"你就要，也没有好衣服穿呀。就是有好衣服穿，你也得想想你的年纪。"

她很失望地走回屋里。拿起她那缺角的镜子到窗边自己照着。可不是！她的两鬓已显出很多白发，不用说额上的皱纹，就是颧骨也突出来像悬崖一样了。她不过是四十二三岁人，在外面随军，被风霜磨尽她的容光，黑滑的鬖髻早已剪掉，剩下的只有满头短乱的头发。剪发在这地方只是太太、少奶、小姐们的时装，她虽然也当过使唤人的太太，只是要给人佣工，这样的装扮就很不合适，这也许是她找不着主的缘故罢。

王姥姥吃完晚饭就出门找人去了。姥姥那套咬耳朵的话倒启示了她一个新意见。她拿着那条冻成一片薄板样的布，到明间白炉子上坐着的那盆热水烫了一下。她回到屋里，把自己的脸匀匀地擦了一回，瘦脸果然白净了许多。她打开炕边一个小木匣，拿起一把缺齿的木梳，拢拢头发。粉也没了，只剩下些少填满了匣子的四个犄角。她拿出匣子里的东西，用一根簪子把那些不很白的剩粉剔下来，倒在手上，然后往脸上抹。果然还有三分姿色，她的心略为开了。她出门回去偷偷地把人家刚贴上的春联撕了一块；又到明间把灯罩积着的煤烟刮下来。她蘸湿了红纸来涂两腮和嘴唇，用煤烟和着一些头油把两鬓和眼眉都涂黑了。这一来，已有了六七分姿色。心里想着她蛮可以做上炕的活。

王姥姥回来了。她赶紧迎出来，问她，她好看不好看。王姥姥大笑说："这不是老妖精出现么！"

"难看么？"

"难看倒不难看，可是我得找一个五六十岁的人来配你。哪儿找去？就使有老头儿，多半也是要大姑娘的。我劝你死心罢，你就是倒下去，也没人要。"

她很失望地又回到屋里来，两行热泪直滚出来，滴在炕席上不久就凝结了，没廉耻的事情，若不是为饥寒所迫，谁愿意干呢？若不是年纪大一点，她自然也会做那生殖机能的买卖。

她披着那件破大氅，躺在炕上，左思右想，总得不着一个解决的方法。夜长梦短，她只睁着眼睛等天亮。

二十九那天早晨，她也没吃什么，把她丈夫留下的那顶破皮帽戴上，又穿上那件大氅，乍一看来，可像一个中年男子。她对王姥姥说："无论如何，我今天总得想个法子得一点钱来还你。我还有一两件东西可以当当，出去一下就回来。"王姥姥也没盘问她要当的是什么东西，就满口答应了她。

她到大街上一间当铺去，问伙计说："我有一件军装，您柜上当不当呀？"

"什么军装？"

"新式的小手枪。"她说时从口袋里掏出那把手枪来。掌柜的看见她掏枪，吓得赶紧望柜下躲。她说："别怕，我是一个女人，这是我丈夫留下的，明天是年初一，我又等钱使，您就当周全我，当几块钱使使罢。"

伙计和掌柜的看她并不像强盗，接过手枪来看看。他们在铁槛里唧唧咕咕地商议了一会。最后由掌柜的把枪交回她，说："这东西柜上可不敢当。现在四城的军警查得严，万一教他们知道了，我们还要担干系。你拿回去罢。你拿着这个，可得小心。"掌柜的是个好人，才肯这样地告诉她，不然他早已按警铃叫巡警了。无论她怎样求，这买卖柜上总不敢做，她没奈何只得垂着头出来。幸而她旁边没有暗探和别人，所以没有人注意。

她从一条街走过一条街，进过好几家当铺也没有当成。她也有一点害怕了。一件危险的军器藏在口袋里，当又当不出去，万一给人知道，可了不得。但是没钱，怎好意思回到介绍所去见王姥姥呢？她一面走一面想，最后决心一说，不如先回家再说罢。她的村庄只离西直门四十里地，走路半天就可以到。她到西四牌楼，还进过一家当铺，还是当不出去，不由得带着失望出了西直门。

她走到高亮桥上，站了一会。在北京，人都知道有两道桥是穷人的去路，犯法的到天桥去，活腻了的到高亮桥来。那时正午刚过，天本来就阴暗，间中又飘了些雪花，桥底水都冻了。在河当中，流水隐约地在薄冰底下流着。她想着，不站了罢，还是往前走好些。她有了主意，因为她想起那十二年未见面的大妞儿现在已到出门的时候了，不如回家替她找个主儿，一来得些财礼，二来也省得累赘。一身无挂碍，要往前走也方便些。自她丈夫被调到郑州以后，两年来就没有信寄回乡下。家里的光景如何？女儿的前程怎样？她自都不晓得。可是她自打定了回家嫁女儿的主意以后，好像前途上又为她露出一点光明，她于是带着希望在向着家乡的一条小路走着。

雪下大了。荒凉的小道上，只有她低着头慢慢地走，心里想着她的计划。迎面来了一个青年妇人，好像是赶进城买年货的。她戴着一顶宝蓝色的帽子，帽上还安上一片孔雀翎；穿上一件桃色的长棉袍；脚下穿着时式的红绣鞋。这青年妇女从她身边闪过去，招得她回头直望着她。她心里想，多么漂亮的衣服呢，若是她的大妞儿有这样一套衣服，那就是她的嫁妆了。然而她哪里有钱去买这样时样的衣服呢？她心里自己问着，眼睛直盯在那女人的身上。那女人已经离开她四五十步远近，再拐一个弯就要看不见了。她看四围一个人也没有，想着不如抢了她的，带回家给大妞儿做头面。这个念头一起来，使她不由回头追上前去，用粗厉的声音喝着："大姑娘，站住，你那件衣服借我使使罢。"那女人回头看见她手里拿着枪，恍惚是个军人，早已害怕得话都说不出来，想要跑，腿又不听使，她只得站住，问："你要什么？"

"我什么都不要。快把衣服，帽子，鞋，都脱下来。身上有钱都得交出来，手镯、戒指、耳环，都得交我。不然，我就打死你。快快，你若是嚷出来，我可不饶你。"

那女人看见四围一个人也没有，嚷出来又怕那强盗真个把她打死，不得已便照她所要求的一样一样交出来。她把衣服和财物一起卷起来，取下大氅的腰带束上，往北飞跑。

那女人所有的一切东西都给剥光了，身上只剩下一套单衣裤。她坐在树根上直打抖擞，差不多过了二十分钟才有一个骑驴的人从那道上经过。女人见有人来，这才嚷救命。驴儿停止了。那人下驴，看见她穿着一身单衣裤。问明因由，便仗着义气说："大嫂，你别伤心，我替你去把东西追回来。"他把自己披着的老羊皮筒脱下来扔给她，"你先披着这个罢，我骑着驴去追她，一会儿就回来。那兔强盗一定走得不很远，我一会就回来，你放心吧。"他说着，鞭着小驴便往前跑。

她已经过了大钟寺，气喘喘地冒着雪在小道上窜。后面有人追来，直嚷："站住，站住。"她回头看看，理会是来追她的人，心里想着不得了，非与他拼命不可。她于是拿出小手枪来，指着他说："别来，看我打死你。"她实在也不晓得要怎办，姑且把枪比仿着。驴上的人本来是赶脚的，他的年纪才二十一二岁，血气正强，看见她拿出枪来，一点也不害怕，反说："瞧你，我没见过这么小的枪。你是从市场里的玩意铺买来瞎蒙人，我才不怕哪。你快把人家的东西交给我罢，不然，我就把你捆上，送司令部，枪毙你。"

她听着一面望后退，但驴上的人节节迫近前，她正在急的时候，手指一攀，无情的枪子正穿过那人的左胸，那人从驴背掉下来，一声不响，软软地摊在地上。这是她第一次开枪，也没瞄准，怎么就打中了！她几乎不信那驴夫是死了，她觉得那枪的响声并不大，真像孩子们所玩的一样，她慌得把枪扔在地上，急急地走进前，摸那驴夫胸口："呀，了不得！"她惊慌地嚷出来，看着她的手满都是血。

她用那驴夫衣角擦净她的手，赶紧把驴拉过来，把刚才抢得的东西夹上驴背，使劲一鞭，又望北飞跑。

一刻钟又过去了。这里坐在树底下披着老羊皮的少妇直等着那驴夫回来。一个剃头匠挑着担子来到跟前。他也是从城里来，要回家过年去。一看见路边坐着的那个女人，便问："你不是刘家的新娘子么！怎么大雪天坐在这里？”女人对他说刚才在这里遇着强盗。把那强盗穿的什么衣服，什么样子，一一地告诉了他。她又告诉他本是要到新街口去买些年货，身边有五块现洋，都给抢走了。

这剃头匠本是她邻村的人，知道她新近才做新娘子。她的婆婆欺负她外家没人，过门不久便虐待她到不堪的地步。因为要过新年，才许她穿戴上那套做新娘时的衣帽，交给她五块钱，叫她进城买东西。她把钱丢了，自然交不了差，所以剃头匠便也仗着义气，允许上前追盗去。他说：“你别着急，我去看看到底是怎么一回事。”他说着，把担放在女人身边，飞跑着望北去了。

剃头匠走到刚才驴夫丧命的地方，看见地下躺着一个人。他俯着身子，摇一摇那尸体，惊惶地嚷着：“打死人了！闹人命了！”他还是往前追，从田间的便道上赶上来一个巡警。郊外的巡警本来就很少见，这一次可碰巧了。巡警下了斜坡，看见地下死一个人，心里断定是前头跑着的那人干的事。他于是大声喝着：“站住，往哪里跑呢，你？”

他蓦然听见有人在后面叫，回头看是个巡警，就住了脚，巡警说：“你打死人，还望哪里跑？”

“不是我打死的，我是追强盗的。”

“你就是强盗，还追谁呀？得，跟我到派出所回话去。”巡警要把他带走。他多方地分辩也不能教巡警相信他。

他说：“南边还有一个大嫂在树底下等着呢，我是剃头匠，我的担子还撂在那里呢，你不信，跟我去看看。”

巡警不同他去追贼，反把他揪住，说：“你别废话啦，你就是现行犯，我亲眼看着，你还赖什么？跟我走吧。”他一定要把剃头的带走。剃头匠便求他说：“难道我空手就能打死人吗？您当官明理，也可以知道我不是凶手。我又不抢他的东西，我为什么打死他呀？”

“哼，你空手？你不会把枪扔掉吗？我知道你们有什么冤仇呢？反正你得到所里分会去。”巡警忽然看见离尸体不远处有一把浮现在雪上的小手枪，于是进前去，用法绳把它拴起来，回头向那人说：“这不就是你的枪吗？还有什么可说么？”他不容分诉，便把剃头匠带往西去。

这抢东西的女人，骑在驴上飞跑着，不觉过了清华园三四里地。她想着后面一定会有人来追，于是下了驴，使劲给它一鞭。空驴望北一直地跑，不一会就不见了，她抱着那卷赃物，上了斜坡，穿入那四围满是稠密的杉松的墓田里。在坟堆后面歇着，她慢慢地打开那件桃色的长袍，看看那宝蓝色孔雀翎帽，心里想着若是给大妞儿穿上，必定是很时样。她又拿起手镯和戒指等物来看，虽是银的，可是手工很好，决不是新打的。正在翻弄，忽然像感触到什么一样，她盯着那银镯子，像是以前见过的花样。那不是她的嫁妆吗？她越看越真，果然是她二十多年前出嫁时陪嫁的东西，因为那镯上有一个记号是她从前做下的。但是怎么流落在那女人手上呢？这个疑问很容易使她想那女人莫不就是她的女儿。那东西自来就放在家里，当时随丈夫出门的时候，婆婆不让多带东西，公公喜欢热闹，把大妞儿留在身边。不到几年两位老亲相继去世。大妞儿由她的婶婶抚养着，总有五六年的光景。

她越回想越着急。莫不是就抢了自己的大妞儿？这事她必要根究到底。她想着若带回家去，万一就是她女儿的东西，那又多么难为情。她本是为女儿才做这事来，自不能教女儿知道这段事情。想来想去，不如送回原来抢她的地方。

她又往南，紧紧地走。路上还是行人稀少，走到方才打死的驴夫那里，她的心惊跳得很厉害，那时雪下得很大，几乎把尸首掩没了一半。她想万一有人来，认得她，又怎办呢？想到这里，又要回头往北走。踌躇了很久，至终把她那件男装大氅和皮帽子脱下来一起扔掉，回复她本来的面目，带着那些东西往南迈步。

她原是要把东西放在树下过一夜，希望等到明天，能够遇见原主回来，再假说是从地下捡起来的。不料她刚到树下，就见那青年的妇人还躺在那里，身边放着一件老羊皮，和一挑剃头担子，她不明白是什么意思，只想着这个可给她一个机会去认认那女人是不是她的大妞儿。她不顾一切把东西放在一边，进前几步，去摇那女人。那时天已经黑了，幸而雪光映着，还可以辨别远近。她怎么也不能把那女人摇醒，想着莫不是冻僵了？她捡起羊皮给她盖上。当她的手摸到那女人的脖子的时候，触着一样东西，拿起来看，原来是一把剃刀。这可了不得，怎么就抹了脖子啦！她抱着她的脖子也不顾得害怕，从雪光中看见那副清秀的脸庞，虽然认不得，可有七八分像她初嫁时的模样。她想起大妞儿的左脚有个骈趾，于是把那尸体的袜子除掉，试摸着看。可不是！她放声哭起来，“儿呀”，“命呀”，杂乱地喊着。人已死了，虽然夜里没有行人，也怕人听见她哭，不由得把声音止住。

东村稀落的爆竹断续地响，把这除夕在凄凉的情境中送掉。无声的银雪还是飞满天地，老不停止。

第二天就是元旦，巡警领着检察官从北来。他们验过驴夫的尸，带着那剃头的来到树下。巡警在昨晚上就没把剃头匠放出来，也没来过这里，所以那女人用剃刀抹脖子的事情，他们都不知道。

他们到树底下，看见剃头担子还放在那里，已被雪埋了一二寸。那边一个四十多岁的女人搂着那剃头匠所说被劫的新娘子。雪几乎把她们埋没了。巡警进前摇她们，发现两个人的脖子上都有刀痕。在积雪底下搜出一把剃刀。新娘子的桃色长袍仍旧穿得好好的；宝蓝色孔雀翎帽仍旧戴着；红绣鞋仍旧穿着。在不远地方的雪堆里，捡出一顶破皮帽，一件灰色的破大氅。一班在场的人们都莫名其妙，面面相看，静默了许久。

命命鸟

敏明坐在席上，手里拿着一本《八大人觉经》，流水似地念着。她的席在东边的窗下，早晨的日光射在她脸上，照得她的身体全然变成黄金的颜色。她不理会日光晒着她，却不歇地抬头去瞧壁上的时计，好像等什么人来似的。

那所屋子是佛教青年会的法轮学校。地上满铺了日本花席，八九张矮小的几子横在两边的窗下。壁上挂的都是释迦应化的事迹，当中悬着一个卍字徽章和一个时计。一进门就知那是佛教的经堂。

敏明那天来得早一点，所以屋里还没有人。她把各样功课念过几遍，瞧壁上的时计正指着六点一刻。她用手挡住眉头，望着窗外低声地说："这时候还不来上学，莫不是还没有起床?"

敏明所等的是一位男同学加陵。他们是七八年的老同学，年纪也是一般大。他们的感情非常的好，就是新来的同学也可以瞧得出来。

"铿铛……铿铛……"一辆电车循着铁轨从北而来，驶到学校门口停了一会。一个十五六岁的美男子从车上跳下来。他的头上包着一条苹果绿的丝巾；上身穿着一件雪白的短褂；下身围着一条紫色的丝裙；脚下踏着一双芒鞋，俨然是一位缅甸的世家子弟。这男子走进院里，脚下的芒鞋拖得啪答啪答地响。那声音传到屋里，好像告诉敏明说：“加陵来了！”

敏明早已瞧见他，等他走近窗下，就含笑对他说：“哼哼，加陵！请你的早安。你来得算早，现在才六点一刻咧。”加陵回答说：“你不要讥诮我，我还以为我是第一早的。”他一面说一面把芒鞋脱掉，放在门边，赤着脚走到敏明跟前坐下。

加陵说：“昨晚上父亲给我说了好些故事，到十二点才让我去睡，所以早晨起得晚一点。你约我早来，到底有什么事？”敏明说：“我要向你辞行。”加陵一听这话，眼睛立刻瞪起来，显出很惊讶的模样，说：“什么？你要往哪里去？”敏明红着眼眶回答说：“我的父亲说我年纪大了，书也念够了，过几天可以跟着他专心当戏子去，不必再像从前念几天唱几天那么劳碌。我现在就要退学，后天将要跟他上普朗去。”加陵说：“你愿意跟他去吗？”敏明回答说：“我为什么不愿意？我家以演剧为职业是你所知道的。我父亲虽是一个很有名、很能赚钱的俳优，但这几年间他的身体渐渐软弱起来，手足有点不灵活，所以他愿意我和他一块儿排演。我在这事上很有长处，也乐得顺从他的命令。”加陵说：“那么，我对于你的意思就没有挽回的余地了。”敏明说：“请你不必为这事纳闷。我们的离别必不能长久的。仰光是一所大城，我父亲和我必要常在这里演戏。有时到乡村去，也不过三两个星期就回来。这次到普朗去，也是要在那里耽搁八九天。请你放心……”

加陵听得出神，不提防外边早有五六个孩子进来，有一个顽皮的孩子跑到他们的跟前说：“请‘玫瑰’和‘蜜蜂’的早安。”他又笑着对敏明说：“‘玫瑰’花里的甘露流出来咧。”——他瞧见敏明脸上有一点泪痕，所以这样说。西边一个孩子接着说：“对呀！怪不得‘蜜蜂’舍不得离开她。”加陵起身要追那孩子，被敏明拦住。她说：“别和他们胡闹。我们还是说我们的罢。”加陵坐下，敏明就接着说：“我想你不久也得转入高等学校，盼望你在念书的时候要忘了我，在休息的时候要记念我。”加陵说：“我决不会把你忘了。你若是过十天不回来，或者我会到普朗去找你。”敏明说：“不必如此。我过几天准能回来。”

说的时候，一位三十多岁的教师由南边的门进来。孩子们都起立向他行礼。教师蹲在席上，回头向加陵说：“加陵，昙摩蜱和尚叫你早晨和他出去乞食。现在六点半了，你快去罢。”加陵听了这话，立刻走到门边，把芒鞋放在屋角的架上，随手拿了一把油伞就要出门。教师对他说：“九点钟就得回来。”加陵答应一声就去了。

加陵回来，敏明已经不在她的席上。加陵心里很是难过，脸上却不露出什么不安的颜色。他坐在席上，仍然念他的书。晌午的时候，那位教师说：“加陵，早晨你走得累了，下午给你半天假。”加陵一面谢过教师，一面检点他的文具，慢慢地走回家去。

加陵回到家里，他父亲婆多瓦底正在屋里嚼槟榔。一见加陵进来，忙把沫红唾出，问道：“下午放假么？”加陵说：“不是，是先生给我的假。因为早晨我跟昙摩蜱和尚出去乞食，先生说我太累，所以给我半天假。”他父亲说：“哦，昙摩蜱在道上曾告诉你什么事情没有？”加陵答道：“他告诉我说，我的毕业期间快到了，他愿意我跟他当和尚去，他又说：这意思已经向父亲提过了。父亲啊，他实在向你提过这话么?”婆多瓦底说：“不错，他曾向我提过。我也很愿意你跟他去。不知道你怎样打算?”加陵说：“我现在有点不愿意。再过十五六年，或者能够从他。我想再入高等学校念书，盼望在其中可以得着一点西洋的学问。”他父亲诧异说：“西洋的学问，啊!我的儿，你想差了。西洋的学问不是好东西，是毒药哟。你若是有了那种学问，你就要藐视佛法了。你试瞧瞧在这里的西洋人，多半是干些杀人的勾当，做些损人利己的买卖，和开些诽谤佛法的学校。什么圣保罗因斯提丢啦、圣约翰海斯苦尔啦，没有一间不是诽谤佛法的。我说你要求西洋的学问会发生危险就在这里。”加陵说：“诽谤与否，在乎自己，并不在乎外人的煽惑。若是父亲许我入圣约翰海斯苦尔，我准保能持守得住，不会受他们的诱惑。”婆多瓦底说：“我是很爱你的，你要做的事情，若是没有什么妨害，我一定允许你。要记得昨晚上我和你说的话。我一想起当日你叔叔和你的白象主（缅甸王尊号）提婆底事，就不由得我不恨西洋人。我最沉痛的是他们在蛮得勒将白象主掳去；又在瑞大光塔设驻防营。瑞大光塔是我们的圣地，他们竟然叫些行凶的人在那里住，岂不是把我们的戒律打破了吗……我盼望你不要入他们的学校，还是清清净净去当沙门。一则可以为白象主忏悔；二则可以为你的父母积福；三则为你将来往生极乐的预备。出家能得这几种好处，总比西洋的学问强得多。”加陵说：“出家修行，我也很愿意。但无论如何，现在决不能办。不如一面入学，一面跟着昙摩蜱学些经典。”婆多瓦底知道劝不过来，就说：“你既是决意要入别的学校，我也无可奈何，我很喜欢你跟昙摩蜱学习经典。你毕业后就转入仰光高等学校罢。那学校对于缅甸的风俗比较保存一点。”加陵说：“那么，我明天就去告诉县摩蜱和法轮学校的教师。”婆多瓦底说：“也好。今天的天气很清爽，下午你又没有功课，不如在午饭后一块儿到湖里逛逛。你就叫他们开饭罢。”婆多瓦底说完，就进卧房换衣服去了。

原来加陵住的地方离绿绮湖不远。绿绮湖是仰光第一大、第一好的公园，缅甸人叫他做干多支。“绿绮”的名字是英国人替它起的。湖边满是热带植物。那些树木的颜色、形态，都是很美丽，很奇异。湖西远远望见瑞大光，那塔的金色光衬着湖边的椰树、蒲葵，真像王后站在水边，后面有几个宫女持着羽葆随着她一样。此外好的景致，随处都是。不论什么人，一到那里，心中的忧郁立刻消灭。加陵那天和父亲到那里去，能得许多愉快是不消说的。

过了三个月，加陵已经入了仰光高等学校。他在学校里常常思念他最爱的朋友敏明。但敏明自从那天早晨一别，老是没有消息。有一天，加陵回家，一进门仆人就递封信给他。拆开看时，却是敏明的信。加陵才知道敏明早已回来，他等不得见父亲的面，翻身出门，直向敏明家里奔来。

敏明的家还是住在高加因路，那地方是加陵所常到的。女仆玛弥见他推门进来，忙上前迎他说：“加陵君，许久不见啊！我们姑娘前天才回来的。你来得正好，待我进去告诉她。”她说完这话就速速进里边去，大声嚷道：“敏明姑娘，加陵君来找你呢。快下来罢。”加陵在后面慢慢地走，待要踏入厅门，敏明已迎出来。

敏明含笑对加陵说：“谁教你来的呢？这三个月不见你的

信，大概因为功课忙的缘故罢?”加陵说：“不错，我已经入了高等学校，每天下午还要到昙摩蜱那里……唉，好朋友，我就是有工夫，也不能写信给你。因为我抓起笔来就没了主意，不晓得要写什么才能叫你觉得我的心常常有你在里头。我想你这几个月没有信给我，也许是和我一样地犯了这种毛病。”敏明说：“你猜得不错。你许久不到我屋里了，现在请你和我上去坐一会。”敏明把手搭在加陵的肩胛上，一面吩咐玛弥预备槟榔、淡巴菰和些少细点，一面携着加陵上楼。

敏明的卧室在楼西。加陵进去，瞧见里面的陈设还是和从前差不多。楼板上铺的是土耳其绒毯。窗上垂着两幅很细致的帷子。她的奁具就放在窗边。外头悬着几盆风兰。瑞大光的金光远远地从那里射来。靠北是卧榻，离地约一尺高，上面用上等的丝织物盖住。壁上悬着一幅提婆和率斐雅洛观剧的画片。还有好些绣垫散布在地上。加陵拿一个垫子到窗边，刚要坐下，那女仆已经把各样吃的东西捧上来。“你嚼槟榔啵。”敏明说完这话，随手送了一个槟榔到加陵嘴里，然后靠着她的镜台坐下。

加陵嚼过槟榔，就对敏明说：“你这次回来，技艺必定很长进，何不把你最得意的艺术演奏起来，我好领教一下。”敏明笑说：“哦，你是要瞧我演戏来的。我死也不演给你瞧。”加陵说：“有什么妨碍呢？你还怕我笑你不成？快演罢，完了咱们再谈心。”敏明说：“这几天我父亲刚刚教我一套雀翎舞，打算在涅槃节期到比古演奏，现在先演给你瞧罢。我先舞一次，等你瞧熟了，再奏乐和我。这舞蹈的谱可以借用‘达撒罗撒’，歌调借用‘恩斯民’。这两支谱，你都会吗？”加陵忙答应说："都会，都会。"

加陵善于奏巴打拉（一种竹制的乐器，详见《大清会典图》），他一听见敏明叫他奏乐，就立刻叫玛弥把那种乐器搬来。等到敏明舞过一次，他就跟着奏起来。

敏明两手拿住两把孔雀翎，舞得非常娴熟。加陵所奏的巴打拉也还跟得上，舞过一会，加陵就奏起"恩斯民"的曲调，只听敏明唱道：

> 孔雀！孔雀！你不必赞我生得俊美；
> 我也不必嫌你长得丑劣。
> 咱们是同一个身心，
> 同一副手脚。
> 我和你永远同在一个身里住着，
> 我就是你啊，你就是我。
> 别人把咱们的身体分做两个，
> 是他们把自己的指头压在眼上，
> 所以会生出这样的错。
> 你不要像他们这样的眼光，
> 要知道我就是你啊，你就是我。

敏明唱完，又舞了一会。加陵说："我今天才知道你的技艺精到这个地步。你所唱的也是很好。且把这歌曲的故事说给我听。"敏明说："这曲倒没有什么故事，不过是平常的恋歌，你能把里头的意思听出来就够了。"加陵说："那么，你这支曲是为我唱的。我也很愿意对你说：我就是你，你就是我。"

他们二人的感情几年来就渐渐浓厚。这次见面的时候，又受了那么好的感触，所以彼此的心里都承认他们求婚的机会已经成熟。

敏明愿意再帮父亲二三年才嫁，可是她没有向加陵说明。加陵起先以为敏明是一个很信佛法的女子，怕她后来要到尼庵去实行她的独身主义，所以不敢动求婚的念头。现在瞧出她的心志不在那里，他就决意回去要求婆多瓦底的同意，把她娶过来。照缅甸的风俗，子女的婚嫁本没有要求父母同意的必要，加陵很尊重他父亲的意见，所以要履行这种手续。

他们谈了半晌工夫，敏明的父亲宋志从外面进来，抬头瞧见加陵坐在窗边，就说："加陵君，别后平安啊！"加陵忙回答他，转过身来对敏明说："你父亲回来了。"敏明待下去，她父亲已经登楼。他们三人坐过一会，谈了几句客套，加陵就起身告辞。敏明说："你来的时间不短，也该回去了。你且等一等，我把这些舞具收拾清楚，再陪你在街上走几步。"

宋志眼瞧着他们出门，正要到自己屋里歇一歇，恰好玛弥上楼来收拾东西。宋志就对她说："你把那盘槟榔送到我屋里去罢。"玛弥说："这是他们剩下的，已经残了。我再给你拿些新鲜的来。"

玛弥把槟榔送到宋志屋里，见他躺在席上，好像想什么事情似的。宋志一见玛弥进来，就起身对她说："我瞧他们两人实在好得太厉害。若是敏明跟了他，我必要吃亏。你有什么好方法叫他们二人的爱情冷淡没有？"玛弥说："我又不是蛊师，哪有好方法离间他们？我想主人你也不必想什么方法，敏明姑娘必不至于嫁他。因为他们一个是属蛇，一个是属鼠的（缅甸的生肖是算日的，礼拜四生的属鼠，礼拜六生的属蛇），就算我们肯将姑娘嫁给他，他的父亲也不愿意。”宋志说：“你说的虽然有理，但现在生肖相克的话，好些人都不注重了。倒不如请一位蛊师来，请他在二人身上施一点法术更为得计。”

印度支那间有一种人叫作蛊师，专用符咒替人家制造命运。有时叫没有爱情的男女，忽然发生爱情；有时将如胶似漆的夫妻化为仇敌。操这种职业的人以暹罗的僧侣最多，且最受人信仰。缅甸人操这种职业的也不少。宋志因为玛弥的话提醒他，第二天早晨他就出门找蛊师去了。

晌午的时候，宋志和蛊师沙龙回来。他让沙龙进自己的卧房。玛弥一见沙龙进来，木鸡似的站在一边。她想到昨天在无意之中说出蛊师，引起宋志今天的实行，实在对不起她的姑娘。她想到这里，就一直上楼去告诉敏明。

敏明正在屋里念书，听见这消息，急和玛弥下来，蹑步到屏后，倾耳听他们的谈话。只听沙龙说：“这事很容易办。你可以将她常用的贴身东西拿一两件来，我在那上头画些符，念些咒，然后给回她用，过几天就见功效。”宋志说：“恰好这里有她一条常用的领巾，是她昨天回来的时候忘记带上去的。这东西可用吗？”沙龙说：“可以的，但是能够得着……”

敏明听到这里已忍不住，一直走进去向父亲说：“阿爸，你何必摆弄我呢？我不是你的女儿吗？我和加陵没有什么意，请你放心。”宋志蓦地里瞧见他女儿进来，简直不知道要用什么话对付她。沙龙也停了半晌才说：“姑娘，我们不是谈你的事。请你放心。”敏明斥他说：“狡猾的人，你的计我已知道了。你快去办你的事罢。”宋志说：“我的儿，你今天疯了吗？你且坐下，我慢慢给你说。”

敏明哪里肯依父亲的话，她一味和沙龙吵闹，弄得她父亲和沙龙很没趣。不久，沙龙垂着头走出来；宋志满面怒容蹲在床上吸烟；敏明也忿忿地上楼去了。

敏明那一晚上没有下来和父亲用饭。她想父亲终久会用蛊术离间他们，不由得心里难过。她躺在床上翻来覆去。绣枕早已被她的眼泪湿透了。

第二天早晨，她到镜台梳洗，从镜里瞧见她满面都是鲜红色，——因为绣枕褪色，印在她的脸上——不觉笑起来。她把脸上那些印迹洗掉的时候，玛弥已捧一束鲜花、一杯咖啡上来。敏明把花放在一边，一手倚着窗棂，一手拿住茶杯向窗外出神。

她定神瞧着围绕瑞大光的彩云，不理会那塔的金光向她的眼睑射来，她精神因此就十分疲乏。她心里的感想和目前的光融洽，精神上现出催眠的状态。她自己觉得在瑞大光塔顶站着，听见底下的护塔铃叮叮当当地响。她又瞧见上面那些王侯所献的宝石，个个都发出很美丽的光明。她心里喜欢得很，不歇用手去摩弄，无意中把一颗大红宝石摩掉了。她忙要俯身去捡时，那宝石已经掉在地上，她定神瞧着那空儿，要求那宝石掉下的缘故，不觉有一种更美丽的宝光从那里射出来。她心里觉得很奇怪，用手扶着金壁，低下头来要瞧瞧那空儿里头的光景。不提防那壁被她一推，渐渐向后，原来是一扇宝石的门。

那门被敏明推开之后，里面的光直射到她身上。她站在外边，望里一瞧，觉得里头的山水、树木，都是她平生所不曾见过的。她在不知不觉中，已经向前走了几十步。耳边恍惚听见有人对她说："好啊！你回来啦。"敏明回头一看，觉得那人很熟悉，只是一时不能记出他的名字。她听见"回来"这两字，心里很是纳闷，就向那人说："我不住在这里，为何说我回来？你是谁？我好像在哪里与你会过似的。这是什么地方？"那人笑说："哈哈！去了这些日子，连自己家乡和平日间往来的朋友也忘了。肉体的障碍真是大哟。"敏明听了这话，简直莫名其妙。又问他说："我是谁？有那么好福气住在这里。我真是在这里住过吗？"那人回答说："你是谁？你自己知道。若是说你不曾住过这里，我就领你到处逛一逛，瞧你认得不认得。"

敏明听见那人要领她到处去逛逛，就忙忙答应，但所见的东西，敏明一点也记不清楚，总觉得样样都是新鲜的。那人瞧见敏明那么迷糊，就对她说："你既然记不清，待我一件一件告诉你。"

敏明和那人走过一座碧玉牌楼。两边的树罗列成行，开着很好看的花。红的、白的、紫的、黄的，各色齐备。树上有些鸟声，唱得很好听。走路时，有些微风慢慢吹来，吹得各色的花瓣纷纷掉下：有些落在人的身上；有些落在地上；有些还在空中飞来飞去。敏明的头上和肩膀上也被花瓣贴满，遍体熏得很香。那人说："这些花木都是你的老朋友，你常和它们往来。它们的花是长年开放的。"敏明说："这真是好地方，只是我总记不起来。"

走不多远，忽然听见很好的乐音。敏明说："谁在那边奏乐？"那人回答说："那里有人奏乐，这里的声音都是发于自然的。你所听的是前面流水的声音。我们再走几步就可以瞧见。”进前几步果然有些泉水穿林而流。水面浮着奇异的花草，还有好些水鸟在那里游泳。敏明只认得些荷花、溪鹕，其余都不认得。那人很不耐烦，把各样的东西都告诉她。

他们二人走过一道桥，迎面立着一片琉璃墙。敏明说：“这墙真好看，是谁在里面住？”那人说：“这里头是乔达摩宣讲法要的道场。现时正在演说，好些人物都在那里聆听法音。转过这个墙角就是正门。到的时候，我领你进去听一听。”敏明贪恋外面的风景，不愿意进去。她说：“咱们逛会儿再进去罢。”那人说：“你只会听粗陋的声音，看简略的颜色和闻污劣的香味。那更好的、更微妙的，你就不理会了……好，我再和你走走，瞧你了悟不了悟。”

二人走到墙的尽头，还是穿入树林。他们踏着落花一直进前，树上的鸟声，叫得更好听。敏明抬起头来，忽然瞧见南边的树枝上有一对很美丽的鸟呆立在那里，丝毫的声音也不从他们的嘴里发出。敏明指着向那人说：“只只鸟儿都出声吟唱，为什么那对鸟儿不出声音呢？那是什么鸟？”那人说：“那是命命鸟。为什么不唱，我可不知道。”

敏明听见“命命鸟”三字，心里似乎有点觉悟。她注神瞧着那鸟，猛然对那人说：“那可不是我和我的好朋友加陵么，为何我们都站在那里？”那人说：“是不是，你自己觉得。”敏明抢前几步，看来还是一对呆鸟。她说：“还是一对鸟儿在那里，也许是我的眼花了。”

他们绕了几个弯，当前现出一节小溪把两边的树林隔开。对岸的花草，似乎比这边更新奇。树上的花瓣也是常常掉下来。树下有许多男女：有些躺着的，有些站着的，有些坐着的。各人在那里说说笑笑，都现出很亲密的样子。敏明说："那边的花瓣落得更妙，人也多一点，我们一同过去逛逛罢。"那人说："对岸可不能去。那落的叫作情尘，若是往人身上落得多了就不好。"敏明说："我不怕。你领我过去逛逛罢。"那人见敏明一定要，过去就对她说："你必要过那边去，我可不能陪你了。你可以自己找一道桥过去。"他说完这话就不见了。敏明回头瞧见那人不在，自己循着水边，打算找一道桥过去。但找来找去总找不着，只得站在这边瞧过去。

她瞧见那些花瓣越落越多，那班男女几乎被葬在底下。有一个男子坐在对岸的水边，身上也是满了落花。一个紫衣的女子走到他跟前说："我很爱你，你是我的命。我们是命命鸟。除你以外，我没有爱过别人。"那男子回答说："我对于你的爱情也是如此。我除了你以外不曾爱过别的女人。"紫衣女子听了，向他微笑，就离开他。走不多远，又遇着一位男子站在树下，她又向那男子说："我很爱你，你是我的命。我们是命命鸟，除你以外，我没有爱过别人。"那男子也回答说："我对于你的爱情也是如此。我除了你以外不曾爱过别的女人。"

敏明瞧见这个光景，心里因此发生了许多问题，就是：那紫衣女子为什么当面撒谎，和那两位男子的回答为什么不约而同？她回头瞧那坐在水边的男子还在那里，又有一个穿红衣的女子走到他面前，还是对他说紫衣女子所说的话。那男子的回答和从前一样，一个字也不改。敏明再瞧那紫衣女子，还是挨着次序向各个男子说话。她走远了，话语的内容虽然听不见，但她的形容老没有改变。各个男子对她也是显出同样的表情。

敏明瞧见各个女子对于各个男子所说的话都是一样；各个男子的回答也是一字不改，心里正在疑惑，忽然来了一阵狂风把对岸的花瓣刮得干干净净，那班男女立刻变成很凶恶的容貌，互相啮食起来。敏明瞧见这个光景，吓得冷汗直流。她忍不住就大声喝道："哎呀！你们的感情真是反复无常。"

敏明手里那杯咖啡被这一喝，全都泻在她的裙上。楼下的玛弥听见楼上的喝声，也赶上来。玛弥瞧见敏明周身冷汗，扑在镜台上头，忙上前把她扶起，问道："姑娘你怎样啦？烫着了没有？"敏明醒来，不便对玛弥细说，胡乱答应几句就打发她下去。

敏明细想刚才的异象，抬头再瞧窗外的瑞大光，觉得那塔还是被彩云绕住，越显得十分美丽。她立起来，换过一条绛色的裙子，就坐在她扑卧榻上头。她想起在树林里忽然瞧见命命鸟变做她和加陵那回事情，心中好像觉悟他们两个是这边的命命鸟，和对岸自称为命命鸟的不同。她自己笑着说："好在你不在那边。幸亏我不能过去。"

她自经过这一场恐慌，精神上遂起了莫大的变化。对于婚姻另有一番见解，对于加陵的态度更是不像从前。加陵一点也觉不出来，只猜她是不舒服。

自从敏明回来，加陵没有一天不来找她。近日觉得敏明的精神异常，以为自己没有向她求婚，所以不高兴。加陵觉得他自己有好些难解决的问题，不能不对敏明说。第一，是他父亲愿意他去当和尚；第二，纵使准他娶妻，敏明的生肖和他不对，顽固的父亲未必承认。现在瞧见敏明这样，不由得不把衷情吐露出来。

加陵一天早晨来到敏明家里，瞧见她的态度越发冷静，就安慰她说："好朋友，你不必忧心，日子还长呢。我在咱们的事情上头已经有了打算。父亲若是不肯，咱们最终的办法就是'照例逃走'。你这两天是不是为这事生气呢？"敏明说："这倒不值得生气。不过这几晚睡得迟，精神有一点疲倦罢了。"

加陵以为敏明的话是真，就把前日向父亲要求的情形说给她听。他说："好朋友，你瞧我的父亲多么固执。他一意要我去当和尚，我前天向他说些咱们的事，他还要请人来给我说法，你说好笑不好笑？"敏明说："什么法？"加陵说："那天晚上，父亲把昙摩蜱请来。我以为有别的事要和他商量，谁知他叫我到跟前教训一顿。你猜他对我讲什么经呢？好些话我都忘记了。内中有一段是很有趣、很容易记的。我且念给你听：

"佛问摩邓曰：'女爱阿难何似？'女言：'我爱阿难眼；爱阿难鼻；爱阿难口；爱阿难耳；爱阿难声音；爱阿难行步。'佛言：'眼中但有泪；鼻中但有涕；口中但有唾；耳中但有垢；身中但有屎尿，臭气不净。'"

"昙摩蜱说得天花乱坠，我只是偷笑。因为身体上的污秽，人人都有，哪能因着这些小事，就把爱情割断呢？况且这经本来不合对我说；若是对你念，还可以解释得去。"

敏明听了加陵末了那句话，忙问道："我是摩邓吗？怎样说对我念就可以解释得去？"加陵知道失言，忙回答说："请你原谅，我说错了。我的意思不是说你是摩邓，是说这本经合于对女人说。"加陵本是要向敏明解嘲，不意反触犯了她。敏明听了那几句经，心里更是明白。他们两人各有各的心事，总没有尽情吐露出来。加陵坐不多会，就告辞回家去了。

涅槃节近啦。敏明的父亲直催她上比古去，加陵知道敏明明日要动身，在那晚上到她家里，为的是要给她送行。但一进门，连人影也没有，转过角门，只见玛弥在她屋里缝衣服。那时候约在八点钟的光景。

加陵问玛弥说："姑娘呢?"玛弥抬头见是加陵，就陪笑说："姑娘说要去找你，你反来找她。她不曾到你家去吗？她出门已有一点钟工夫了。"加陵说："真的么?"玛弥回了一声："我还骗你不成。"低头还是做她的活计。加陵说："那么，我就回去等她……你请。"

加陵知道敏明没有别处可去，她一定不会趁瑞大光的热闹。他回到家里，见敏明没来，就想着她一定和女伴到绿绮湖上乘凉。因为那夜的月亮亮得很，敏明和月亮很有缘；每到月圆的时候，她必招几个朋友到那里谈心。

加陵打定主意，就向绿绮湖去。到的时候，觉得湖里静寂得很。这几天是涅槃节期，各庙里都很热闹，绿绮湖的冷月没人来赏玩，是意中的事。加陵从爱德华第七的造像后面上了山坡，瞧见没人在那里，心里就有几分诧异。因为敏明每次必在那里坐，这回不见她，谅是没有来。

他走得很累，就在凳上坐一会。他在月影朦胧中瞧见地下有一件东西，捡起来看时，却是一条蝉翼纱的领巾。那巾的两端都绣一个吉祥海云的徽识，所以他认得是敏明的。

加陵知道敏明还在湖边，把领巾藏在袋里，就抽身去找她。他踏二弯虹桥，转到水边的乐亭，瞧没有人，又折回来。他在山丘上注神一望，瞧见西南边隐隐有个人影，忙上前去，见有几分像敏明。加陵蹑步到野蔷薇垣后面，意思是要吓她。

他瞧见敏明好像在找什么东西似的，所以静静伏在那里看她要做什么。

敏明找了半天，随在乐亭旁边摘了一枝优钵昙花，走到湖边，向着瑞大光合掌礼拜。加陵见了，暗想她为什么不到瑞大光膜拜去？于是再蹑足走近湖边的蔷薇垣，那里离敏明礼拜的地方很近。

加陵恐怕再触犯她，所以不敢作声。只听她的祈祷。

女弟子敏明，稽首三世诸佛：我自万劫以来，迷失本来智性，因此堕入轮回，成女人身。现在得蒙大慈，示我三生因果。我今悔悟，誓不再恋天人，致受无量苦楚。愿我今夜得除一切障碍，转生极乐国土。愿勇猛无畏阿弥陀，俯听恳求接引我。南无阿弥陀佛。

加陵听了她这番祈祷，心里很受感动。他没有一点悲痛，竟然从蔷薇垣里跳出来，对着敏明说："好朋友，我听你刚才的祈祷，知道你厌弃这世间，要离开它。我现在也愿意和你同行。"

敏明笑道："你什么时候来的？你要和我同行，莫不你也厌世吗？"加陵说："我不厌世。因为你的缘故，我愿意和你同行。我和你分不开。你到哪里，我也到哪里。"敏明说："不厌世，就不必跟我去。你要记得你父亲愿你做一个转法轮的能手。你现在不必跟我去以后还有相见的日子。"加陵说："你说不厌世就不必死，这话有些不对。譬如我要到蛮得勒去，不是嫌恶仰光，不过我未到过那城，所以愿意去瞧一瞧。但有些人很厌恶仰光，他巴不得立刻离开才好。现在，你是第二类的人，我是第一类的人，为什么不让我和你同行？"敏明不料加陵会来，更不料他一下就决心要跟从她。现在听他这一番话语，知道他与自己的觉悟虽然不同，但她常感得他们二人是那世界的命命鸟，所以不甚阻止他。到这里，她才把前几天的事告诉加陵。加陵听了，心里非常地喜欢，说："有那么好的地方，为何不早告诉我？我一定离不开你了，我们一块儿去罢。"

那时月光更是明亮。树林里萤火无千无万地闪来闪去，好像那世界的人物来赴他们的喜筵一样。

加陵一手搭在敏明的肩上，一手牵着她。快到水边的时候，加陵回过脸来向敏明的唇边啜了一下。他说："好朋友，你不亲我一下么？"敏明好像不曾听见，还是直地走。

他们走入水里，好像新婚的男女携手入洞房那般自在，毫无一点畏缩。在月光水影之中，还听见加陵说："咱们是生命的旅客，现在要到那个新世界，实在叫我快乐得很。"

现在他们去了！月光还是照着他们所走的路；瑞大光远远送一点鼓乐的声音来；动物园的野兽也都为他们唱很雄壮的欢送歌；唯有那不懂人情的水，不愿意替他们守这旅行的秘密，要找机会把他们的躯壳送回来。

商人妇

“先生，请用早茶。”这是二等舱的侍者催我起床的声音。我因为昨天上船的时候太过忙碌，身体和精神都十分疲倦，从九点一直睡到早晨七点还没有起床。我一听侍者的招呼，就立刻起来，把早晨应办的事情弄清楚，然后到餐厅去。

那时节餐厅里满坐了旅客。个个在那里喝茶，说闲话：有些预言欧战谁胜谁负的；有些议论袁世凯该不该做皇帝的；有些猜度新加坡印度兵变乱是不是受了印度革命党运动的。那种唧唧咕咕的声音，弄得一个餐厅几乎变成菜市。我不惯听这个，一喝完茶就回到自己的舱里，拿了一本《西青散记》跑到右舷找一个地方坐下，预备和书里的双卿谈心。

我把书打开，正要看时，一位印度妇人携着一个七八岁的孩子来到跟前，和我面对面地坐下。这妇人，我前天在极乐寺放生池边曾见过一次，我也瞧着她上船，在船上也是常常遇见她在左右舷乘凉。我一瞧见她，就动了我的好奇心，因为她的装束虽是印度的，然而行动却不像印度妇人。

我把书搁下，偷眼瞧她，等她回眼过来瞧我的时候，我又装作念书。我好几次是这样办，恐怕她疑我有别的意思，此后就低着头，再也不敢把眼光射在她身上。她在那里信口唱些印度歌给小孩听，那孩子也指东指西问她说话。我听她的回答，无意中又把眼睛射在她脸上。她见我抬起头来，就顾不得和孩子周旋，急急地用闽南土话问我说：“这位老叔，你也是要到新加坡去么？”她的口腔很像海澄的乡人，所问的也带着乡人的口气。在说话之间，一字一字慢慢地拼出来，好像初学说话的一样。我被她这一问，心里的疑团结得更大，就回答说：“我要回厦门去。你曾到过我们那里么？为什么能说我们的话？”“呀！我想你瞧我的装束像印度妇女，所以猜疑我不是唐山（华侨叫祖国作唐山）人。我实在告诉你，我家就在鸿渐。”

那孩子瞧见我们用土话对谈，心里奇怪得很，他摇着妇人的膝头，用印度话问道：“妈妈，你说的是什么话？他是谁？”也许那孩子从来不曾听过她说这样的话，所以觉得稀奇。我巴不得快点知道她的底蕴，就接着问她：“这孩子是你养的么？”她先回答了孩子，然后向我叹一口气说：“为什么不是呢！这是我在麻德拉斯养的。”

我们越谈越熟，就把从前的畏缩都除掉。自从她知道我的里居、职业以后，她再也不称我作“老叔”，更转口称我作“先生”。她又把麻德拉斯大概的情形说给我听。我因为她的境遇很稀奇，就请她详详细细地告诉我。她谈得高兴，也就应许了。那时，我才把书收入口袋里，注神听她诉说自己的历史。

我十六岁就嫁给青礁林荫乔为妻。我的丈夫在角尾开糖铺。他回家的时候虽然少，但我们的感情决不因为这样就生疏。我和他过了三四年的日子，从不曾拌过嘴，或闹过什么意见。有一天，他从角尾回来，脸上现出忧闷的容貌。一进门就握着我的手说："惜官（闽俗：长辈称下辈或同辈的男女彼此相称，常加'官'字在名字之后），我的生意已经倒闭，以后我就不到角尾去啦。"我听了这话，不由得问他："为什么呢？是买卖不好吗？"他说："不是，不是，是我自己弄坏的。这几天那里赌局，有些朋友招我同玩，我起先赢了许多，但是后来都输得精光，甚至连店里的生财家伙，也输给人了……我实在后悔，实在对你不住。"我怔了一会，也想不出什么合适的话来安慰他，更不能想出什么话来责备他。

他见我的泪流下来，忙替我擦掉，接着说："哎！你从来不曾在我面前哭过，现在你向我掉泪，简直像熔融的铁珠一滴一滴地滴在我心坎儿上一样。我的难受，实在比你更大。你且不必担忧，我找些资本再做生意就是了。"

当下我们二人面面相觑，在那里静静地坐着。我心里虽有些规劝的话要对他说，但我每将眼光射在他脸上的时候，就觉得他有一种妖魔的能力，不容我说，早就理会了我的意思。我只说："以后可不要再耍钱，要知道赌钱……"

他在家里闲着，差不多有三个月。我所积的钱财倒还够用，所以家计用不着他十分挂虑。我整日出外借钱做资本，可惜没有人信得过他，以致一文也借不到。他急得无可奈何，就动了过番（闽人说到南洋为过番）的念头。

他要到新加坡去的时候，我为他摒挡一切应用的东西，又拿了一对玉手镯教他到厦门兑来做盘费。他要趁早潮出厦门，所以我们别离的前一夕足足说了一夜的话。第二天早晨，我送他上小船，独自一人走回来，心里非常烦闷，就伏在案上，想着到南洋去的男子多半不想家，不知道他会这样不会。正这样想，蓦然一片急步声达到门前，我认得是他，忙起身开了门，问："是漏了什么东西忘记带去么？"他说："不是，我有一句话忘记告诉你：我到那边的时候，无论做什么事，总得给你来信。若是五六年后我不能回来，你就到那边找我去。"我说："好罢。这也值得你回来叮咛，到时候我必知道应当怎样办的。天不早了，你快上船去罢。"他紧握着我的手，长叹了一声，翻身就出去了。我注目直送到榕荫尽处，瞧他下了长堤，才把小门关上。

我与林荫乔别离那一年，正是二十岁。自他离家以后，只来了两封信，一封说他在新加坡丹让巴葛开杂货店，生意很好。一封说他的事情忙，不能回来。我连年望他回来完聚，只是一年一年的盼望都成虚空了。

邻舍的妇人常劝我到南洋找他去。我一想，我们夫妇离别已经十年，过番找他虽是不便，却强过独自一人在家里挨苦。我把所积的钱财检妥，把房子交给乡里的荣家长管理，就到厦门搭船。

我第一次出洋，自然受不惯风浪的颠簸，好容易到了新加坡。那时节，我心里的喜欢，简直在这辈子里头不曾再遇见。我请人带我到丹让巴葛义和诚去。那时我心里的喜欢更不能用言语来形容。我瞧店里的买卖很热闹，我丈夫这十年间的发达，不用我估量，也就罗列在眼前了。

但是店里的伙计都不认识我，故得对他们说明我是谁和来意。有一位年轻的伙计对我说："头家（闽人称店主为头家）今天没有出来，我领你到住家去罢。"我才知道我丈夫不在店里住，同时我又猜他一定是再娶了，不然，断没有所谓住家的。我在路上就向伙计打听一下，果然不出所料！

人力车转了几个弯，到一所半唐半洋的楼房停住。伙计说："我先进去通知一声。"他撇我在外头，许久才出来对我说："头家早晨出去，到现在还没有回来哪。头家娘请你进去里头等他一会儿，也许他快要回来了。"他把我两个包袱——那就是我的行李——拿在手里，我随着他进去。

我瞧见屋里的陈设十分华丽。那所谓头家娘的，是一个马来妇人，她出来，只向我略略点了一个头。她的模样，据我看来很不恭敬，但是南洋的规矩我不懂得，只得陪她一礼。她头上戴的金刚钻和珠子，身上缀的宝石、金、银，衬着那副黑脸孔，越显出丑陋不堪。

她对我说了几句套话，又叫人递一杯咖啡给我，自己在一边吸烟、嚼槟榔，不大和我攀谈。我想是初会生疏的缘故，所以也不敢多问她的话。不一会，得得的马蹄声从大门直到廊前，我早猜着是我丈夫回来了。我瞧他比十年前胖了许多，肚子也大起来了。他口里含着一支雪茄，手里扶着一根象牙杖，下了车，踏进门来，把帽子挂在架上。见我坐在一边，正要发问，那马来妇人上前向他叽叽咕咕地说了几句。她的话我虽不懂得，但瞧她的神气像有点不对。

我丈夫回头问我说："惜官，你要来的时候，为什么不预先通知一声？是谁叫你来的？"我以为他见我以后，必定要对我说些温存的话，哪里想到反把我诘问起来！当时我把不平的情绪压下，陪笑回答他，说："唉，荫哥，你岂不知道我不会写字么？咱们乡下那位写信的旺师常常给人家写别字，甚至把意思弄错了，因为这样，所以不敢央求他替我写。我又是决意要来找你的，不论迟早总得动身，又何必多费这番工夫呢？你不曾说过五六年后若不回去，我就可以来吗？”我丈夫说：“吓！你自己倒会出主意。”他说完，就横横地走进屋里。

我听他所说的话，简直和十年前是两个人。我也不明白其中的缘故：是嫌我年长色衰呢，我觉得比那马来妇人还俊得多；是嫌我德行不好呢，我嫁他那么多年，事事承顺他，从不曾做过越出范围的事。荫哥给我这个闷葫芦，到现在我还猜不透。

他把我安顿在楼下，七八天的工夫不到我屋里，也不和我说话。那马来妇人倒是很殷勤，走来对我说：“荫哥这几天因为你的事情很不喜欢。你且宽怀，过几天他就不生气了。晚上有人请咱们去赴席，你且把衣服穿好，我和你一块儿去。”

她这种甘美的语言，叫我把从前猜疑她的心思完全打消。我穿的是湖色布衣，和一条大红绉裙，她一见了，不由得笑起来。我觉得自己满身村气，心里也有一点惭愧。她说：“不要紧，请咱们的不是唐山人，定然不注意你穿的是不是时新的样式。咱们就出门罢。”

马车走了许久，穿过一丛椰林，才到那主人的门口。进门是一个很大的花园，我一面张望，一面随着她到客厅去。那里果然有很奇怪的筵席摆设着。一班女客都是马来人和印度人。她们在那里叽里咕噜地说说笑笑，我丈夫的马来妇人也撇下我去和她们谈话。不一会，她和一位妇人出去，我以为她们逛花园去了，所以不大理会。但过了许久的工夫，她们只是不回来，我心急起来，就向在座的女人说：“和我来的那位妇人往哪里去？”她们虽能会意，然而所回答的话，我一句也懂不得。

我坐在一个软垫上，心头跳动得很厉害。一个仆人拿了一壶水来，向我指着上面的筵席作势。我瞧见别人洗手，知道这是食前的规矩，也就把手洗了。她们让我入席，我也不知道那里是我应当坐的地方，就顺着她们指定给我的坐位坐下。她们祷告以后，才用手向盘里取自己所要的食品。我头一次掬东西吃，一定是很不自然，她们又教我用指头的方法。我在那里，很怀疑我丈夫的马来妇人不在座，所以无心在筵席上张罗。

筵席撤掉以后，一班客人都笑着向我亲了一下吻就散了。当时我也要跟她们出门，但那主妇叫我等一等。我和那主妇在屋里指手画脚做哑谈，正笑得不可开交，一位五十来岁的印度男子从外头进来。那主妇忙起身向他说了几句话，就和他一同坐下。我在一个生地方遇见生面的男子，自然羞缩到了不得。那男子走到我跟前说："喂，你已是我的人啦。我用钱买你。你住这里好。"他说的虽是唐话，但语格和腔调全是不对的。我听他说把我买过来，不由得恸哭起来。那主妇倒是在身边殷勤地安慰我。那时已是入亥时分，他们教我进里边睡，我只是和衣在厅边坐了一宿，哪里肯依他们的命令！

先生，你听到这里必定要疑我为什么不死。唉！我当时也有这样的思想，但是他们守着我好像囚犯一样，无论什么时候都有人在我身旁。久而久之，我的激烈的情绪过了，不但不愿死，而且要留着这条命往前瞧瞧我的命运到底是怎样的。

买我的人是印度麻德拉斯的回教徒阿户耶。他是一个氆氇商，因为在新加坡发了财，要多娶一个姬妾回乡享福。偏是我的命运不好，趁着这机会就变成他的外国古董。我在新加坡住不上一个月，他就把我带到麻德拉斯去。

阿户耶给我起名叫利亚。他叫我把脚放了，又在我鼻上穿了一个窟窿，带上一只钻石鼻环。他说照他们的风俗，凡是已嫁的女子都得带鼻环，因为那是妇人的记号。他又把很好的“克尔塔”（回妇上衣）、“马拉姆”（胸衣）和“埃撒”（裤）教我穿上。从此以后，我就变成一个回回婆子了。

阿户耶有五个妻子，连我就是六个。那五人之中，我和第三妻的感情最好。其余的我很憎恶她们，因为她们欺负我不会说话，又常常戏弄我。我的小脚在她们当中自然是稀罕的，她们虽是不歇地摩挲，我也不怪。最可恨的是她们在阿户耶面前拨弄是非，叫我受委屈。

阿噶利马是阿户耶第三妻的名字，就是我被卖时张罗筵席的那个主妇。她很爱我，常劝我用“撒马”来涂眼眶，用指甲花来涂指甲和手心。回教的妇人每日用这两种东西和我们唐人用脂粉一样。她又教我念孟加里文和亚剌伯文。我想起自己因为不能写信的缘故，致使荫哥有所借口，现在才到这样的地步，所以愿意在这举目无亲的时候用功学习些少文字。她虽然没有什么学问，但当我的教师是绰绰有余的。

我从阿噶利马念了一年，居然会写字了！她告诉我他们教里有一本天书，本不轻易给女人看的，但她以后必要拿那本书来教我。她常对我说：“你的命运会那么蹇涩，都是阿拉给你注定的。你不必想家太甚，日后或者有大快乐临到你身上，叫你享受不尽。”这种定命的安慰，在那时节很可以教我的精神活泼一点。

我和阿户耶虽无夫妻的情，却免不了有夫妻的事。哎！我这孩子（她说时把手抚着那孩子的顶上）就是到麻德拉斯的第二年养的。我活了三十多岁才怀孕，那种痛苦为我一生所未经过。幸亏阿噶利马能够体贴我，她常用话安慰我，教我把目前的苦痛忘掉。有一次她瞧我过于难受，就对我说："呀！利亚，你且忍耐着罢。咱们没有无花果树的福分（《可兰经》载阿丹浩挖被天魔阿扎贼来引诱，吃了阿拉所禁的果子，当时他们二人的天衣都化没了。他们觉得赤身的羞耻，就向乐园里的树借叶子围身。各种树木因为他们犯了阿拉的戒命，都不敢借，唯有无花果树瞧他们二人怪可怜的，就慷慨借些叶子给他们。阿拉嘉许无花果树的行为，就赐它不必经过开花和受蜂蝶搅扰的苦而能结果），所以不能免掉怀孕的苦。你若是感得痛苦的时候，可以默默向阿拉求恩，他可怜你，就赐给你平安。"我在临产的前后期，得着她许多的帮助，到现在还是忘不了她的情意。

自我产后，不上四个月，就有一件失意的事教我心里不舒服：那就是和我的好朋友离别。她虽不是死掉，然而她所去的地方，我至终不能知道。阿噶利马为什么离开我呢？说来话长，多半是我害她的。

我们隔壁有一位十八岁的小寡妇名叫哈那，她四岁就守寡了。她母亲苦待她倒罢了，还要说她前生的罪孽深重，非得叫她辛苦，来生就不能超脱。她所吃所穿的都跟不上别人，常常在后园里偷哭。她家的园子和我们的园子只隔一度竹篱，我一听见她哭，或是听见她在那里，就上前和她谈话，有时安慰她，有时给她东西吃，有时送她些少金钱。

阿噶利马起先瞧见我周济那寡妇，很不以为然。我屡次对她说明，在唐山不论什么人都可以受人家的周济，从不分什么教门。她受我的感化，后来对于那寡妇也就发出哀怜的同情。

有一天，阿噶利马拿些银子正从篱间递给哈那，可巧被阿户耶瞥见。他不声不张，蹑步到阿噶利马后头，给她一掌，顺口骂说："小母畜，贱生的母猪，你在这里干什么？"他回到屋里，气得满身哆嗦，指着阿噶利马说："谁教你把钱给那婆罗门妇人？岂不把你自己玷污了吗？你不但玷污了自己，更是玷污我和清真圣典。'马赛拉'（是阿拉禁止的意思）！快把你的'布卡'（面幕）放下来罢。"

我在里头听得清楚，以为骂过就没事。谁知不一会的工夫，阿噶利马珠泪承睫地走进来，对我说："利亚，我们要分离了！"我听这话吓了一跳，忙问道："你说的是什么意思，我听不明白。"她说："你不听见他叫我把'布卡'放下来罢？那就是休我的意思。此刻我就要回娘家去。你不必悲哀，过两天他气平了，总得叫我回来。"那时我一阵心酸，不晓得要用什么话来安慰她，我们抱头哭了一场就分散了。唉！"杀人放火金腰带；修桥整路长大癞"，这两句话实在是人间生活的常例呀！

自从阿噶利马去后，我的凄凉的历书又从"贺春王正月"翻起。那四个女人是与我素无交情的。阿户耶呢，他那副黝黑的脸，猬毛似的胡子，我一见了就憎厌，巴不得他快离开我。我每天的生活就是乳育孩子，此外没有别的事情。我因为阿噶利马的事，吓得连花园也不敢去逛。

过几个月，我的苦生涯快挨尽了！因为阿户耶借着病回他的乐园去了。我从前听见阿噶利马说过：妇人于丈夫死后一百三十日后就得自由，可以随便改嫁。我本欲等到那规定的日子才出去，无奈她们四个人因为我有孩子，在财产上恐怕给我占便宜，所以多方窘迫我。她们的手段，我也不忍说了。

哈那劝我先逃到她姊姊那里。她教我送一点钱财给她的姊夫，就可以得到他们的容留。她姊姊我曾见过，性情也很不错。我一想，逃走也是好的，她们四个人的心肠鬼蜮至极，若是中了她们的暗算，可就不好。哈那的姊夫在亚可特住。我和她约定了，教她找机会通知我。

一星期后，哈那对我说她的母亲到别处去，要夜深才可以回来，教我由篱笆逾越过去。这事本不容易，因事后须得使哈那不至于吃亏。而且篱上界着一行鈎线，实在教我难办。我抬头瞧见篱下那棵波罗蜜树有一丫横过她那边，那树又是斜着长上去的。我就告诉她，叫她等待人静的时候在树下接应。

原来我的住房有一个小门通到园里。那一晚上，天际只有一点星光，我把自己细软的东西藏在一个口袋里，又多穿了两件衣裳，正要出门，瞧见我的孩子睡在那里。我本不愿意带他同行，只怕他醒时瞧不见我要哭起来，所以暂住一下，把他抱在怀里，让他吸乳。他吸的时节，才实在感得我是他的母亲，他父亲虽与我没有精神上的关系，他却是我养的。况且我去后，他不免要受别人的折磨。我想到这里，不由得双泪直流。因为多带一个孩子，会教我的事情越发难办。我想来想去，还是把他驼起来，低声对他说："你是好孩子，就不要哭，还得乖乖地睡。"幸亏他那时好像理会我的意思，不大作声。我留一封信在床上，说明愿意抛弃我应得的产业和逃走的理由，然后从小门出去。

我一手往后托住孩子，一手拿着口袋，蹑步到波罗蜜树下。我用一条绳子拴住口袋，慢慢地爬上树，到分丫的地方少停一会。那时孩子哼了一两声，我用手轻轻地拍着，又摇他几下，再把口袋扯上来，抛过去给哈那接住。我再爬过去，摸着哈那为我预备的绳子，我就紧握着，让身体慢慢坠下来。我的手耐不得摩擦，早已被绳子锉伤了。

我下来之后，谢过哈那，忙忙出门，离哈那的门口不远就是爱德耶河，哈那和我出去雇船，她把话交代清楚就回去了。那舵工是一个老头子，也许听不明白哈那所说的话。他划到塞德必特车站，又替我去买票。我初次搭车，所以不大明白行车的规矩，他叫我上车，我就上去。车开以后，查票人看我的票才知道我搭错了。

车到一个小站，我赶紧下来，意思是要等别辆车搭回去。那时已经夜半，站里的人说上麻德拉斯的车要到早晨才开。不得已就在候车处坐下。我把“马支拉”（回妇外衣）披好，用手支住袋假寐，有三四点钟的工夫。偶一抬头，瞧见很远一点灯光由栅栏之间射来，我赶快到月台去，指着那灯问站里的人。他们当中有一个人笑说：“这妇人连方向也分不清楚了。她认启明星做车头的探灯哪。”我瞧真了，也不觉得笑起来，说：“可不是！我的眼真是花了。”

我对着启明星，又想起阿噶利马的话。她曾告诉我那星是一个善于迷惑男子的女人变的。我因此想起荫哥和我的感情本来很好，若不是受了番婆的迷惑，决不忍把他最爱的结发妻卖掉。我又想着自已被卖的不是不能全然归在荫哥身上。若是我情愿在唐山过苦日子，无心到新加坡去依赖他，也不会发生这事。我想来想去，反笑自己逃得太过唐突。我自问既然逃得出来，又何必去依赖哈那的姊姊呢？想到这里，仍把孩子抱回候车处，定神解决这问题。我带出来的东西和现银共值三千多卢比，若是在村庄里住，很可以够一辈子的开销，所以我就把独立生活的主意拿定了。

天上的诸星陆续收了它们的光，唯有启明仍在东方闪烁着。当我瞧着它的时候，好像有一种声音从它的光传出来，说："惜官，此后你别再以我为迷惑男子的女人。要知道凡光明的事物都不能迷惑人。在诸星之中，我最先出来，告诉你们黑暗快到了；我最后回去，为的是领你们紧接受着太阳的光亮；我是夜界最光明的星。你可以当我做你心里的殷勤的警醒者。"我朝着它，心花怒开，也形容不出我心里的感谢。此后我一见着它，就有一番特别的感触。

我向人打听客栈所在的地方，都说要到贞葛布德才有。于是我又搭车到那城去。我在客栈住不多的日子，就搬到自己的房子住去。

那房子是我把钻石鼻环兑出去所得的金钱买来的。地方不大，只有二间房和一个小园，四面种些露兜树当作围墙。印度式的房子虽然不好，但我爱它靠近村庄，也就顾不得它的外观和内容了。我雇了一个老婆子帮助料理家务，除养育孩子以外，还可以念些印度书籍。我在寂寞中和这孩子玩弄，才觉得孩子的可爱，比一切更甚。

每到晚间，就有一种很庄重的歌声送到我耳里。我到园里一望，原来是从对门一个小家庭发出来。起先我也不知道他们唱来干什么，后来我才晓得他们是基督徒。那女主人以利沙伯不久也和我认识，我也常去赴他们的晚祷会。我在贞葛布德最先认识的朋友就算他们那一家。

以利沙伯是一个很可亲的女人，她劝我入学校念书，且应许给我照顾孩子。我想偷闲度日也是没有什么出息，所以在第二年她就介绍我到麻德拉斯一个妇女学校念书。每月回家一次瞧瞧我的孩子，她为我照顾得很好，不必我担忧。

我在校里没有分心的事，所以成绩甚佳。这六七年的工夫，不但学问长进，连从前所有的见地都改变了。我毕业后直到如今就在贞葛布德附近一个村里当教习。这就是我一生经历的大概。若要详细说来，虽用一年的工夫也说不尽。

现在我要到新加坡找我丈夫去，因为我要知道卖我的到底是谁。我很相信荫哥必不忍做这事，纵然是他出的主意，终有一天会悔悟过来。

惜官和我谈了足有两点多钟，她说得很慢，加之孩子时时搅扰她，所以没有把她在学校的生活对我详细地说。我因为她说得工夫太长，恐怕精神过于受累，也就不往下再问，我只对她说："你在那漂流的时节，能够自己找出这条活路，实在可敬。明天到新加坡的时候，若是要我帮助你去找荫哥，我很乐意为你去干。"她说："我哪里有什么聪明，这条路不过是冥冥中指导者替我开的。我在学校里所念的书，最感动我的是《天路历程》和《鲁滨逊漂流记》，这两部书给我许多安慰和模范。我现时简直是一个女鲁滨逊哪。你要帮我去找荫哥，我实在感激。因为新加坡我不大熟悉，明天总得求你和我……"说到这里，那孩子催着她进舱里去拿玩具给他。她就起来，一面续下去说："明天总得求你帮忙。"我起立对她行了一个敬礼，就坐下把方才的会话录在怀中日记里头。

过了二十四点钟，东南方微微露出几个山峰。满船的人都十分忙碌，惜官也顾着检点她的东西，没有出来。船入港的时候，她才携着孩子出来与我坐在一条长凳上头。她对我说："先生，想不到我会再和这个地方相见。岸上的椰树还是舞着它们的叶子；海面的白鸥还是飞来飞去向客人表示欢迎；我的愉快也和九年前初会它们那时一样。如箭的时光，转眼就过了那么多年，但我至终瞧不出从前所见的和现在所见的当中有什么分别……呀！'光阴如箭'的话，不是指着箭飞得快说，乃是指着箭的本体说。光阴无论飞得多么快，在里头的事物还是没有什么改变，好像附在箭上的东西，箭虽是飞行着，它们却是一点不更改……我今天所见的和从前所见的虽是一样，但愿荫哥的心肠不要像自然界的现象变更得那么慢；但愿他回心转意地接纳我。"我说："我向你表同情。听说这船要泊在丹让巴葛的码头，我想到时你先在船上候着，我上去打听一下再回来和你同去，这办法好不好呢？"她说："那么，就教你多多受累了。"

我上岸问了好几家都说不认得林荫乔这个人，那义和诚的招牌更是找不着。我非常着急，走了大半天觉得有一点累，就上一家广东茶居歇足，可巧在那里给我查出一点端倪。我问那茶居的掌柜。据他说：林荫乔因为把妻子卖给一个印度人，惹起本埠多数唐人的反对。那时有人说是他出主意卖的，有人说是番婆卖的，究竟不知道是谁做的事。但他的生意因此受莫大的影响，他瞧着在新加坡站不住，就把店门关起来，全家搬到别处去了。

我回来将所查出的情形告诉惜官，且劝她回唐山去。她说：“我是永远不能去的，因为我带着这个棕色孩子，一到家，人必要耻笑我，况且我对于唐文一点也不会，回去岂不要饿死吗？我想在新加坡住几天，细细地访查他的下落。若是访不着时，仍旧回印度去……唉，现在我已成为印度人了！”

我瞧她的情形，实在想不出什么话可以劝她回乡，只叹一声说：“呀！你的命运实在苦！”她听了反笑着对我说：“先生啊，人间一切的事情本来没有什么苦乐的分别：你造作时是苦，希望时是乐；临事时是苦，回想时是乐。我换一句话说：眼前所遇的都是困苦；过去、未来的回想和希望都是快乐。昨天我对你诉说自己境遇的时候，你听了觉得很苦，因为我把从前的情形陈说出来，罗列在你眼前，教你感得那是现在的事；若是我自己想起来，久别、被卖、逃亡等等事情都有快乐在内。所以你不必为我叹息，要把眼前的事情看开才好……我只求你一样，你到唐山时，若是有便，就请到我村里通知我母亲一声。我母亲算来已有七十多岁，她住在鸿渐，我的唐山亲人只剩着她咧。她的门外有一棵很高的橄榄树。你打听良姆，人家就会告诉你。”

船离码头的时候，她还站在岸上挥着手巾送我。那种诚挚的表情，教我永远不能忘掉。我到家不上一月就上鸿渐去。那橄榄树下的破屋满被古藤封住，从门缝儿一望，隐约瞧见几座朽腐的木主搁在桌上，那里还有一位良姆！

缀网劳蛛

“我像蜘蛛，
命运就是我的网。”
我把网结好，
还住在中央。
呀，我的网甚时节受了损伤！
这一坏，教我怎地生长？
生的巨灵说：“补缀补缀罢。”
世间没有一个不破的网。
我再结网时，
要结在玳瑁梁栋、
珠玑帘拢；
或结在断井颓垣、
荒烟蔓草中呢？
生的巨灵按手在我头上说：
“自己选择去罢，
你所在的地方无不兴隆、亨通。”
虽然，我再结的网还是像从前那么脆弱，
敌不过外力冲撞；
我网的形式还要像从前那么整齐——

平行的丝连成八角、十二角的形状吗？
他把“生的万花筒”交给我，说：
“望里看罢，
你爱怎样，就结成怎样。”
呀，万花筒里等等的形状和颜色
仍与从前没有什么差别！
求你再把第二个给我，
我好谨慎地选择。
“咄咄！贪得而无智的小虫！
自而今回溯到濛鸿，
从没有人说过里面有个形式与前相同。
去罢，生的结构都由这几十颗‘彩琉璃屑’幻成种种，
不必再看第二个生的万花筒。”

那晚上的月色格外明朗，只是不时来些微风把满园的花影移动得不歇地作响。素光从椰叶下来，正射在尚洁和她的客人史夫人身上。她们二人的容貌，在这时候自然不能认得十分清楚，但是二人对谈的声音却像幽谷的回响，没有一点模糊。

周围的东西都沉默着，像要让她们密谈一般，树上的鸟儿把喙插在翅膀底下；草里的虫儿也不敢作声；就是尚洁身边那只玉狸，也当主人所发的声音为催眠歌，只管齁齁地沉睡着。她用纤手抚着玉狸，目光注在她的客人身上，懒懒地说：“夺魁嫂子，外间的闲话是听不得的。这事我全不计较——我虽不信定命的说法，然而事情怎样来，我就怎样对付，毋庸在事前

预先谋定什么方法。”

她的客人听了这场冷静的话，心里很是着急，说：“你对于自己的前程太不注意了！若是一个人没有长久的顾虑，就免不了遇着危险，外人的话虽不足信，可是你得把你的态度显示得明了一点，教人不疑惑你才是。”

尚洁索性把王狸抱在怀里，低着头，只管摩弄。一会儿，她才冷笑了一声，说：“吓吓，夺魁嫂子，你的话差了，危险不是顾虑所能闪避的。后一小时的事情，我们也不敢说准知道，哪能顾到三四个月、三两年那么长久呢？你能保我待一会不遇着危险，能保我今夜里睡得平安么？纵使我准知道今晚上会遇着危险，现在的谋虑也未必来得及。我们都在云雾里走，离身二三尺以外，谁还能知道前途的光景呢？经里说：‘不要为明日自夸，因为一日要生何事，你尚且不能知道。’这句话，你忘了么？……唉，我们都是从渺茫中来，在渺茫中住，往渺茫中去。若是怕在这条云封雾锁的生命路程里走动，莫如止住你的脚步；若是你有漫游的兴趣，纵然前途和四围的光景暧昧，不能使你赏心快意，你也是要走的。横竖是往前走，顾虑什么？”

“我们从前的事，也许你和一般侨寓此地的人都不十分知道。我不愿意破坏自己的名誉，也不忍教他出丑。你既是要我把态度显示出来，我就得略把前事说一点给你听，可是要求你暂时守这个秘密。”

“论理，我也不是他的……”

史夫人没等她说完，早把身子挺起来，作很惊讶的样子，回头用焦急的声音说：“什么？这又奇怪了！”

“这倒不是怪事，且听我说下去。你听这一点，就知道我的全意思了。我本是人家的童养媳，一向就不曾和人行过婚礼——那就是说，夫妇的名分，在我身上用不着。当时，我并不是爱他，不过要仗着他的帮助，救我脱出残暴的婆家。走到这个地方，依着时势的境遇，使我不能不认他为夫……”

“原来你们的家有这样特别的历史……那么，你对于长孙先生可以说没有精神的关系，不过是不自然地结合罢了。”

尚洁庄重地回答说：“你的意思是说我们没有爱情么？诚然，我从不曾在别人身上用过一点男女的爱情，别人给我的，我也不曾辨别过那是真的，这是假的。夫妇，不过是名义上的事，爱与不爱，只能稍微影响一点精神的生活，和家庭的组织是毫无关系的。”

“他怎样想法子要奉承我，凡认识我的人都觉得出来。然而我却没有领他的情，因为他从没有把自己的行为检点一下。他的嗜好多，脾气坏，是你所知道的。我一到会堂去，每听到人家说我是长孙可望的妻子，就非常地惭愧。我常想着从不自爱的人所给的爱情都是假的。”

“我虽然不爱他，然而家里的事，我认为应当替他做的，我也乐意去做。因为家庭是公的，爱情是私的。我们两人的关系，实在就是这样。外人说我和谭先生的事，全是不对的。我的家庭已经成为这样，我又怎能把它破坏呢？”

史夫人说：“我现在才看出你们的真相，我也回去告诉史先生，教他不要多信闲话。我知道你是好人，是一个纯良的女子，神必保佑你。”说着，用手轻轻地拍一拍尚洁的肩膀，就站立起来告辞。

尚洁陪她在花荫底下走着，一面说：“我很愿意你把这事的原委单说给史先生知道。至于外间传说我和谭先生有秘密的关系，说我是淫妇，我都不介意。连他也好几天不回来啦。我估量他是为这事生气，可是我并不辩白。世上没有一个人能够把真心拿出来给人家看；纵然能够拿出来，人家也看不明白，那么，我又何必多费唇舌呢？人对于一件事情一旦存了成见，就不容易把真相观察出来。凡是人都有成见，同一件事，必会生出歧异的评判，这也是难怪的。我不管人家怎样批评我，也不管他怎样疑惑我，我只求自己无愧，对得住天上的星辰和地下的蝼蚁便了。你放心罢，等到事情临到我身上，我自有方法对付。我的意思就是这样，若是有工夫，改天再谈罢。”

她送客人出门，就把玉狸抱到自己房里。那时已经不早，月光从窗户进来，歇在椅桌、枕席之上，把房里的东西染得和铅制的一般。她伸手向床边按了一按铃子，须臾，女佣妥娘就上来。她问：“佩荷姑娘睡了么？”妥娘在门边回答说：“早就睡了。消夜已预备好了，端上来不？”她说着，顺手把电灯拧着，一时满屋里都着上颜色了。

在灯光之下，才看见尚洁斜倚在床上。流动的眼睛，软润的颔颊，玉葱似的鼻，柳叶似的眉，桃绽似的唇，衬着蓬乱的头发……凡形体上各样的美都凑合在她头上。她的身体，修短也很合度。从她口里发出来的声音，都合音节，就是不懂音乐的人，一听了她的话语，也能得着许多默感。她见妥娘把灯拧亮了，就说：“把它拧灭了吧。光太强了，更不舒服。方才我也忘了留史夫人在这里消夜。我不觉得十分饥饿，不必端上来，你们可以自己方便去。把东西收拾清楚，随着给我点一支洋烛上来。”

妥娘遵从她的命令，立刻把灯灭了，接着说：“相公今晚上也许又不回来，可以把大门扣上吗?”

“是，我想他永远不回来了。你们吃完，就把门关好，各自歇息去罢，夜很深了。”

尚洁独坐在那间充满月亮的房里，桌上一支洋烛已燃过三分之二，轻风频拂火焰，眼看那支发光的小东西要泪尽了。她于是起来，把烛火移到屋角一个窗户前头的小几上。那里有一个软垫，几上搁几本经典和祈祷文。她每夜睡前的功课就是跪在那垫上默记三两节经句，或是诵几句祷词。别的事情，也许她会忘记，唯独这圣事是她所不敢忽略的。她跪在那里冥想了许多，睁眼一看，火光已不知道在什么时候从烛台上逃走了。

她立起来，把卧具整理妥当，就躺下睡觉，可是她怎能睡着呢?呀，月亮也循着宾客的礼，不敢相扰，慢慢地辞了她，走到园里和它的花草朋友、木石知交周旋去了!

月亮虽然辞去，她还不转眼地望着窗外的天空，像要诉她心中的秘密一般。她正在床上辗来转去，忽听园里“嚁嚁”一声，响得很厉害，她起来，走到窗边，往外一望，但见一重一重的树影和夜雾把园里盖得非常严密，教她看不见什么。于是她蹑步下楼，唤醒妥娘，命她到园里去察看那怪声的出处。妥娘自己一个人哪里敢出去，她走到门房把团哥叫醒，央他一同到围墙边察一察。团哥也就起来了。

妥娘去不多会，便进来回话。她笑着说：“你猜是什么呢?原来是一个蹇运的窃贼摔倒在我们的墙根。他的腿已摔坏了，脑袋也撞伤了，流得满地都是血，动也动不得了。团哥拿着一枝荆条正在抽他哪。”

尚洁听了，一霎时前所有的恐怖情绪一时尽变为慈祥的心意。她等不得回答妥娘，便跑到墙根。团哥还在那里：“你这该死的东西……不知厉害的坏种……”一句一鞭，打骂得很高兴。尚洁一到，就止住他，还命他和妥娘把受伤的贼扛到屋里来。她吩咐让他躺在贵妃榻上。仆人们都显出不愿意的样子，因为他们想着一个贼人不应该受这么好的待遇。

尚洁看出他们的意思，便说：“一个人走到做贼的地步是最可怜悯的。若是你们不得着好机会，也许……”她说到这里，觉得有点失言，教她的佣人听了不舒服，就改过一句说话：“若是你们明白他的境遇，也许会体贴他。我见了一个受伤的人，无论如何，总得救护的。你们常常听见‘救苦救难’的话，遇着忧患的时候，有时也会脱口地说出来，为何不从‘他是苦难人’那方面体贴他呢？你们不要怕他的血沾脏了那垫子，尽管扶他躺下吧。”团哥只得扶他躺下，口里沉吟地说：“我们还得为他请医生去吗？”

“且慢，你把灯移近一点，待我来看一看。救伤的事，我还在行。妥娘，你上楼去把我们那个常备药箱，捧下来。”又对团哥说：“你去倒一盆清水来罢。”

仆人都遵命各自干事去了。那贼虽闭着眼，方才尚洁所说的话，却能听得分明。他心里的感激可使他自忘是个罪人，反觉他是世界里一个最能得人爱惜的青年。这样的待遇，也许就是他生平第一次得着的。他呻吟了一下，用低沉的声音说：“慈悲的太太，菩萨保佑慈悲的太太！”

那人的太阳穴受了一伤很重，腿部倒不十分厉害。她用药棉蘸水轻轻地把伤处周围的血迹涤净，再用绷带裹好。等到事情做得清楚，天早已亮了。

她正转身要上楼去换衣服，蓦听得外面敲门的声很急，就止步问说："谁这么早就来敲门呢？"

"是警察罢。"

妥娘提起这四个字，叫她很着急。她说："谁去告诉警察呢？"那贼躺在贵妃榻上，一听见警察要来，恨不能立刻起来跪在地上求恩。但这样的行动已从他那双劳倦的眼睛表白出来了。尚洁跑到他跟前，安慰他说："我没有叫人去报警察……"正说到这里，那从门外来的脚步已经踏进来。

来的并不是警察，却是这家的主人长孙可望。他见尚洁穿着一件睡衣站在那里和一个躺着的男子说话，心里的无名业火已从身上八万四千个毛孔里发射出来。他第一句就问："那人是谁？"

这个问实在叫尚洁不容易回答，因为她从不曾问过那受伤者的名字，也不便说他是贼。

"他……他是受伤的人……"

可望不等说完，便拉住她的手，说："你办的事，我早已知道。我这几天不回来，正要侦察你的动静，今天可给我撞见了。我何尝辜负你呢……一同上去罢，我们可以慢慢地谈。"不由分说，拉着她就往上跑。

妥娘在旁边，看得情急，就大声嚷着："他是贼！"

"我是贼，我是贼！"那可怜的人也嚷了两声。可望只对着他冷笑，说："我明知道你是贼。不必报名，你且歇一歇罢。"

一到卧房里，可望就说：“我且问你，我有什么对你不起的地方？你要入学堂，我便立刻送你去；要到礼拜堂听道，我便特地为你预备车马。现在你有学问了，也入教了，我且问你，学堂教你这样做，教堂教你这样做么？”

他的话意是要诘问她为什么变心，因为他许久就听见人说尚洁嫌他鄙陋不文，要离弃他去嫁给一个姓谭的。夜间的事，他一概不知，他进门一看尚洁的神色，老以为她所做的是一段爱情把戏。在尚洁方面，以为他是不喜欢她这样待遇窃贼。她的慈悲性情是上天所赋的，她也觉得这样办，于自己的信仰和所受的教育没有冲突，就回答说：“是的，学堂教我这样做，教会也教我这样做。你敢是……”

“是吗？”可望喝了一声，猛将怀中小刀取出来向尚洁的肩膀上一击。这不幸的妇人立时倒在地上，那玉白的面庞已像渍在胭脂膏里一样。

她不说什么，但用一种沉静的和无抵抗的态度，就足以感动那愚顽的凶手。可望见此情景，心中恐怖的情绪已把凶猛的怒气克服了。他不再有什么动作，只站在一边出神。他看尚洁动也不动一下，估量她是死了。那时，他觉得自己的罪恶压住他，不许再逗留在那里，便溜烟似的往外跑。

妥娘见他跑了，知道楼上必有事故，就赶紧上来，她看尚洁那样子，不由得“啊，天公”地喊了一声，一面上去，要把她搀扶起来。尚洁这时，眼睛略略睁开，像要对她说什么，只是说不出。她指着肩膀示意，妥娘才看见一把小刀插在她肩上。妥娘的手便即酥软，周身发抖，待要扶她，也没有气力了。她含泪对着主妇说：“容我去请医生罢。”

“史……史……”妥娘知道她是要请史夫人来，便回答说：“好，我也去请史夫人来。”她教团哥看门，自己雇一辆车找救星去了。

医生把尚洁扶到床上，慢慢施行手术，赶到史夫人来时，所有的事情都弄清楚啦。医生对史夫人说：“长孙夫人的伤不甚要紧，保养一两个星期便可复元。幸而那刀从肩胛骨外面脱出来，没有伤到肺叶——那两个创口是不要紧的。”

医生辞去以后，史夫人便坐在床沿用法子安慰她。这时，尚洁的精神稍微恢复，就对她的知交说：“我不能多说话，只求你把底下那个受伤的人先送到公医院去，其余的，待我好了再给你说……唉，我的嫂子，我现在不能离开你，你这几天得和我同在一块儿住。”

史夫人一进门就不明白底下为什么躺着一个受伤的男子。妥娘去时，也没有对她详细地说。她看见尚洁这个样子，又不便往下问。但尚洁的颖悟性从不会被刀所伤，她早明白史夫人猜不透这个闷葫芦，就说：“我现在没有气力给你细说，你可以向妥娘打听去。就要速速去办，若是他回来，便要害了他的性命。”

史夫人照她所吩咐的去做，回来，就陪着她在房里，没有回家。那四岁的女孩佩荷更不知道这是怎么一回事，还是啼啼笑笑，过她的平安日子。

一个星期，两个星期，在她病中默默地过去。她也渐次复元了。她想许久没有到园里去，就央求史夫人扶着她慢慢走出来。她们穿过那晚上谈话的柳荫，来到园边一个小亭下，就歇在那里。她们坐的地方满开了玫瑰，那清静温香的景色委实可以消灭一切忧闷和病害。

“我已忘了我们这里有这么些好花，待一会，可以折几枝带回屋里。”

“你且歇歇，我为你选择几枝罢。”史夫人说时，便起来折花。尚洁见她脚下有一朵很大的花，就指着说：“你看，你脚下有一朵很大、很好看的，为什么不把它摘下？”

史夫人低头一看，用手把花提起来，便叹了一口气。

“怎么啦？”

史夫人说：“这花不好。”因为那花只剩地上那一半，还有一边是被虫伤了。她怕说出伤字，要伤尚洁的心，所以这样回答。但尚洁看的明明是一朵好花，直叫递过来给她看。

“夺魁嫂，你说它不好么？我在此中找出道理咧！这花虽然被虫伤了一半，还开得这么好看，可见人的命运也是如此——若不把他的生命完全夺去，虽然不完全，也可以得着生活上一部分的美满，你以为如何呢？”

史夫人知道她联想到自己的事情上头，只回答说：“那是当然的，命运的偃蹇和亨通，于我们的生活没有多大关系。”

谈话之间，妥娘领着史夺魁先生进来。他向尚洁和他的妻子问过好，便坐在她们对面一张凳上。史夫人不管她丈夫要说什么，头一句就问：“事情怎样解决呢？”

史先生说：“我正是为这事情来给长孙夫人一个信。昨天在会堂里有一个很激烈的纷争，因为有些人说可望的举动是长孙夫人迫他做成的，应当剥夺她赴圣筵的权利。我和我奉真牧师在席间极力申辩，终归无效。”他望着尚洁说：“圣筵赴与不赴也不要紧。因为我们的信仰决不能为仪式所束缚，我们的行为，只求对得起良心就算了。”

“因为我没有把那可怜的人交给警察，便责罚我么?”

史先生摇头说：“不，不，现在的问题不在那事上头。前天可望寄一封长信到会里，说到你怎样对他不住，怎样想弃绝他去嫁给别人。他对于你和某人、某人往来的地点、时间都说出来。且说，他不愿意再见你的面，若不与你离婚，他永不回家。信他所说的人很多，我们怎样申辩也挽不过来。我们虽然知道事实不是如此，可是不能找出什么凭据来证明，我现在正要告诉你，若是要到法庭去的话，我可以帮你的忙。这里不像我们祖国，公庭上没有女人说话的地位。况且他的买卖起先都是你拿资本出来，要离异时，照法律，最少总得把财产分一半给你……像这样的男子，不要他也罢了。”

尚洁说：“那事实现在不必分辩，我早已对嫂子说明了。会里因为信条的缘故，说我的行为不合道理，便禁止我赴圣筵——这是他们所信的，我有什么可说的呢!”她说到末一句，声音便低下了。她的颜色很像为同会的人误解她和误解道理惋惜。

“唉，同一样道理，为何信仰的人会不一样?”

她听了史先生这话，便兴奋起来，说：“这何必问?你不常听见人说，‘水是一样，牛喝了便成乳汁，蛇喝了便成毒液’吗?我管保我所得能化为乳汁，哪能干涉人家所得的变成毒液呢?若是到法庭去的话，倒也不必。我本没有正式和他行过婚礼，自毋须乎在法庭上公布离婚。若说他不愿意再见我的面，我尽可以搬出去。财产是生活的赘瘤，不要也罢，和他争什么……他赐给我的恩惠已是不少，留着给他……”

“可是你一把财产全部让给他，你立刻就不能生活。还有佩荷呢？”

尚洁沉吟半晌便说：“不妨，我私下也曾积聚些少，只不能支持到一年罢了。但不论如何，我总得自己挣扎。至于佩荷……”她又沉思了一会，才续下去说：“好罢，看他的意思怎样，若是他愿意把那孩子留住，我也不和他争。我自己一个人离开这里就是。”

他们夫妇二人深知道尚洁的性情，知道她很有主意，用不着别人指导。并且她在无论什么事情上头都用一种宗教的精神去安排。她的态度常显出十分冷静和沉毅，做出来的事，有时超乎常人意料之外。

史先生深信她能够解决自己将来的生活，一听了她的话，便不再说什么，只略略把眉头皱了一下而已。史夫人在这两三个星期间，也很为她费了些筹划。他们有一所别业在土华地方，早就想教尚洁到那里去养病，到现在她才开口说：“尚洁妹子，我知道你一定有更好的主意，不过你的身体还不甚复元，不能立刻出去做什么事情，何不到我们的别庄里静养一下，过几个月再行打算？”史先生接着对他妻子说：“这也好。只怕路途远一点，由海船去，最快也得两天才可以到。但我们都是惯于出门的人，海涛的颠簸当然不能制伏我们，若是要去的话，你可以陪着去，省得寂寞了长孙夫人。”

尚洁也想找一个静养的地方，不意他们夫妇那么仗义，所以不待踌躇便应许了。她不愿意为自己的缘故教别人麻烦，因此不让史夫人跟着前去。她说：“寂寞的生活是我尝惯的。史嫂子在家里也有许多当办的事情，哪里能够和我同行？还是我自己去好一点。我很感谢你们二位的高谊，要怎样表示我的谢忱，我却不懂得；就是懂，也不能表示得万分之一。我只说一声‘感激莫名’便了。史先生，烦你再去问他要怎样处置佩荷，等这事弄清楚，我便要动身。”她说着，就从方才摘下的玫瑰中间选出一朵好看的递给史先生，教他插在胸前的钮门上。不久，史先生也就起立告辞，替她办交涉去了。

土华在马来半岛的西岸，地方虽然不大，风景倒还幽致。那海里出的珠宝不少，所以住在那里的多半是搜宝之客。尚洁住的地方就在海边一丛棕林里。在她的门外，不时看见采珠的船往来于金的塔尖和银的浪头之间。这采珠的工夫赐给她许多教训。因为她这几个月来常想着人生就同入海采珠一样，整天冒险入海里去，要得着多少，得着什么，采珠者一点把握也没有。但是这个感想决不会妨害她的生命。她见那些人每天迷蒙蒙地搜求，不久就理会她在世间的历程也和采珠的工作一样。要得着多少，得着什么，虽然不在她的权能之下，可是她每天总得入海一遭，因为她的本分就是如此。

她对于前途不但没有一点灰心，且要更加奋勉。可望虽是剥夺她们母女的关系，不许佩荷跟着她，然而她仍不忍弃掉她的责任，每月要托人暗地里把吃的用的送到故家去给她女儿。

她现在已变主妇的地位为一个珠商的记室了。住在那里的人，都说她是人家的弃妇，就看轻她，所以她所交游的都是珠船里的工人。那班没有思想的男子在休息的时候，便因着她的姿色争来找她开心。但她的威仪常是调伏这班人的邪念，教他们转过心来承认她是他们的师保。

她一连三年，除干她的正事以外，就是教她那班朋友说几句英吉利语，念些少经文，知道些少常识。在她的团体里，使令、供养无不如意。若说过快活日子，能像她这样也就不劣了。

虽然如此，她还是有缺陷的。社会地位，没有她的分；家庭生活，也没有她的分；我们想想，她心里到底有什么感觉？前一项，于她是不甚重要的；后一项，可就缭乱她的衷肠了！史夫人虽常寄信给她，然而她不见信则已，一见了信，那种说不出来的伤感就加增千百倍。

她一想起她的家庭，每要在树林里徘徊，树上的蛁蟧常要幻成她女儿的声音对她说："母思儿耶？母思儿耶？"这本不是奇迹，因为发声者无情，听音者有意；她不但对于那些小虫的声音是这样，即如一切的声音和颜色，偶一触着她的感官，便幻成她的家庭了。

她坐在林下，遥望着无涯的波浪，一度一度地掀到岸边，常觉得她的女儿踏着浪花踊跃而来，这也不止一次了。那天，她又坐在那里，手拿着一张佩荷的小照，那是史夫人最近给她寄来的。她翻来翻去地看，看得眼昏了。她猛一抬头，又得着常时所现的异象。她看见一个人携着她的女儿从海边上来，穿过林樾，一直走到跟前。那人说："长孙夫人，许久不见，贵体康健啊！我领你的女儿来找你哪。"

尚洁此时，展一展眼睛，才理会果然是史先生携着佩荷找她来。她不等回答史先生的话，便上前用力搂住佩荷，她的哭声从她爱心的深密处殷雷似的震发出来。佩荷因为不认得她，害怕起来，也放声哭了一场。史先生不知道感触了什么，也在旁边只尽管擦眼泪。

这三种不同情绪的哭泣止了以后，尚洁就呜咽地问史先生说："我实在喜欢。想不到你会来探望我，更想不到佩荷也能来……"她要问的话很多，一时摸不着头绪。只搂定佩荷，眼看着史先生出神。

史先生很庄重地说："夫人，我给你报好消息来了。"

"好消息!"

"你且镇定一下，等我细细地告诉你。我们一得着这消息，我的妻子就教我和佩荷一同来找你。这奇事，我们以前都不知道，到前十几天才听见我奉真牧师说的。我牧师自那年为你的事卸职后，他的生活，你已经知道了。"

"是，我知道。他不是白天做裁缝匠，晚间还做制饼师吗？我信得过，神必要帮助他，因为神的儿子说：'为义受逼迫的人是有福的。'他的事业还顺利吗？"

"倒没有什么过不去的地方。他不但日夜劳动，在合宜的时候，还到处去传福音哪。他现在不用这样地吃苦，因为他的老教会看他的行为，请他回国仍旧当牧师去，在前一个星期已经动身了。"

"是吗！谢谢神！他必不能长久地受苦。"

"就是因为我牧师回国的事，我才能到这里来。你知道长孙先生也受了他的感化么？这事详细地说起来，倒是一种神迹。我现在来，也是为告诉你这件事。"

"前几天，长孙先生忽然到我家里找我。他一向就和我们很生疏，好几年也不过访一次，所以这次的来，教我们很诧异。他第一句就问你的近况如何，且诉说他的懊悔。他说这反悔是忽然的，是我牧师警醒他的。现在我就将他的话，照样他说一遍给你听——

“‘在这两三年间，我牧师常来找我谈话，有时也请我到他的面包房里去听他讲道。我和他来往那么些次，就觉得他是我的好师傅。我每有难决的事情或疑虑的问题，都去请教他。我自前年生事，二人分离以后，每疑惑尚洁官的操守，又常听见家里佣人思念她的话，心里就十分懊悔。但我总想着，男人说话将军箭，事已做出，哪里还有脸皮收回来？本是打算给它一个错到底的。然而日子越久，我就越觉得不对。到我牧师要走，最末次命我去领教训的时候，讲了一个章经，教我很受感动。散会后，他对我说，他盼望我做的是请尚洁官回来。他又念《马可福音》十章给我听，我自得着那教训以后，越觉得我很卑鄙、凶残、淫秽，很对不住她。现在要求你先把佩荷带去见她，盼望她为女儿的缘故赦免我。你们可以先走，我随后也要亲自前往。’”

“他说懊悔的话很多，我也不能细说了。等他来时，容他自己对你细说罢。我很奇怪我牧师对于这事，以前一点也没有对我说过，到要走时，才略提一提；反教他来到我那里去，这不是神迹吗？”

尚洁听了这一席话，却没有显出特别愉悦的神色，只说：“我的行为本不求人知道，也不是为要得人家的怜恤和赞美；人家怎样待我，我就怎样受，从来是不计较的。别人伤害我，我还饶恕，何况是他呢？他知道自己的鲁莽，是一件极可喜的事。——你愿意到我屋里去看一看吗？我们一同走走罢。”

他们一面走，一面谈。史先生问起她在这里的事业如何，她不愿意把所经历的种种苦处尽说出来，只说：“我来这里，几年的工夫也不算浪费，因为我已找着了许多失掉的珠子了！那些灵性的珠子，自然不如入海去探求那么容易，然而我竟能得着二三十颗。此外，没有什么可以告诉你。”

尚洁把她事情结束停当，等可望不来，打算要和史先生一同回去。正要到珠船里和她的朋友们告辞，在路上就遇见可望跟着一个本地人从对面来。她认得是可望，就堆着笑容，抢前几步去迎他，说：“可望君，平安哪！”可望一见她，也就深深地行了一个敬礼，说：“可敬的妇人，我所做的一切事都是伤害我的身体，和你我二人的感情，此后我再不敢了。我知道我多多地得罪你，实在不配再见你的面，盼望你不要把我的过失记在心中。今天来到这里，为的是要表明我悔改的行为，还要请你回去管理一切所有的。你现在要到哪里去呢？我想你可以和史先生先行动身，我随后回来。”

尚洁见他那番诚恳的态度，比起从前，简直是两个人，心里自然满是愉快，且暗自谢她的神在他身上所显的奇迹。她说：“呀！往事如梦中之烟，早已在虚幻里消散了，何必重新提起呢？凡人都不可积聚日间的怨恨、怒气和一切伤心的事到夜里，何况是隔了好几年的事？请你把那些事情搁在脑后罢。我本想到船里去，向我那班同工的人辞行。你怎样不和我们一起回去，还有别的事情要办么？史先生现时在他的别业——就是我住的地方——我们一同到那里去罢，待一会，再出来辞行。”

“不必，不必。你可以去你的，我自己去找他就可以。因为我还有些正当的事情要办。恐怕不能和你们一同回去，什么事，以后我才叫你知道。”

“那么，你教这土人领你去罢，从这里走不远就是。我先到船里，回头再和你细谈。再见哪！”

她从土华回来，先住在史先生家里，意思是要等可望来到，一同搬回她的旧房子去。谁知等了好几天，也不见他的影。她才知道可望在土华所说的话意有所含蓄。可是他到哪里去呢？去干什么呢？她正想着，史先生拿了一封信进来对她说：“夫人，你不必等可望了，明后天就搬回去罢。他寄给我这一封信说，他有许多对不起你的地方，都是出于激烈的爱情所致，因他爱你的缘故，所以伤了你。现在他要把从前邪恶的行为和暴躁的脾气改过来，且要偿还你这几年来所受的苦楚，故不得不暂时离开你。他已经到槟榔屿了。他不直接写信给你的缘故，是怕你伤心，故此写给我，教我好安慰你；他还说从前一切的产业都是你的，他不应独自霸占了许多，要求你尽量地享用，直等到他回来。”

“这样看来，不如你先搬回去，我这里派人去找他回来如何？唉，想不到他一会儿就能悔改到这步田地！”

她遇事本来很沉静，史先生说时，她的颜色从不曾显出什么变态，只说：“为爱情么？为爱而离开我么？这是当然的，爱情本如极利的斧子，用来剥削命运常比用来整理命运的时候多一些。他既然规定他自己的行程，又何必费工夫去寻找他呢？我是没有成见的，事情怎样来，我怎样对付就是。”

尚洁搬回来那天，可巧下了一点雨，好像上天使园里的花木特地沐浴得很妍净来迎接它们的旧主人一样。她进门时，妥娘正在整理厅堂，一见她来，便嚷着：“奶奶，你回来了！我们很想念你哪！你的房间乱得很，等我把各样东西安排好再上去。先到花园去看看罢，你手植各样的花木都长大了。后面那棵释迦头长得像罗伞一样，结果也不少，去看看罢。史夫人早和佩荷姑娘来了，他们现时也在园里。”

她和妥娘说了几句话，便到园里。一拐弯，就看见史夫人和佩荷坐在树荫底下一张凳上——那就是几年前，她要被刺那夜，和史夫人坐着谈话的地方。她走来，又和史夫人并肩坐在那里。史夫人说来说去，无非是安慰她的话。她像不信自己这样的命运不甚好，也不信史夫人用定命论的解释来安慰她，就可以使她满足。然而她一时不能说出合宜的话，教史夫人明白她心中毫无忧郁在内。她无意中一抬头，看见佩荷拿着树枝把结在玫瑰花上一个蜘蛛网撩破了一大部分。她注神许久，就想出一个意思来。

她说：“呀，我给这个比喻，你就明白我的意思。”

“我像蜘蛛，命运就是我的网。蜘蛛把一切有毒无毒的昆虫吃入肚里，回头把网组织起来。它第一次放出来的游丝，不晓得要被风吹到多么远，可是等到粘着别的东西的时候，它的网便成了。”

“它不晓得那网什么时候会破，和怎样破法。一旦破了，它还暂时安安然然地藏起来，等有机会再结一个好的。”

“它的破网留在树梢上，还不失为一个网。太阳从上头照下来，把各条细丝映成七色；有时粘上些少水珠，更显得灿烂可爱。”

“人和他的命运，又何尝不是这样？所有的网都是自己组织得来，或完或缺，只能听其自然罢了。”

史夫人还要说时，妥娘来说屋子已收拾好了，请她们进去看看。于是，她们一面谈，一面离开那里。

园里没人，寂静了许久。方才那只蜘蛛悄悄地从叶底出来，向着网的破裂处，一步一步，慢慢补缀。它补这个干什么？因为它是蜘蛛，不得不如此！

海世间

我们的人间只有在想象或淡梦中能够实现罢了。一离了人造的上海社会，心里便想到此后我们要脱离等等社会律的桎梏，来享受那乐行忧违的潜龙生活；谁知道一上船，那人造人间所存的受、想、行、识，都跟着我们入了这自然的海洋！这些东西，比我们的行李还多，把这一万二千吨的小船压得两边摇荡。同行的人也知道船载得过重，要想一个好方法，教它的负担减轻一点；但谁能有出众的慧思呢？想来想去，只有吐些出来，此外更无何等妙计。

这方法虽是很平常，然而船却轻省得多了。这船原是要到新世界去的哟，可是新世界未必就是自然的人间。在水程中，虽然把衣服脱掉了，跳入海里去学大鱼的游泳，也未必是自然。要是闭眼闷坐着，还可以有一点勉强的自在。

船离陆地远了，一切远山疏树尽化行云。割不断的轻烟，缕缕丝丝从烟筒里舒放出来，慢慢地往后延展。故国里，想是有人把这烟揪住罢。不然就是我们之中有些人的离情凝结了，乘着轻烟家去。

呀！他的魂也随着轻烟飞去了！轻烟载不起他，把他摔下来。堕落的人连浪花也要欺负他，将那如弹的水珠一颗颗射在他身上。他几度随着波涛浮沉，气力有点不足，眼看要沉没了，幸而得文鳐的哀怜，展开了帆鳍搭救他。

文鳐说："你这人太笨了，热火燃尽的冷灰，岂能载得你这焰红的情怀？我知道你们船中定有许多多情的人儿，动了乡思。我们一队队跟船走又飞又泳，指望能为你们服劳，不料你们反拍着掌笑我们，驱逐我们。"

他说："你的话我们怎能懂得呢？人造的人间的人，只能懂得人造的语言罢了。"

文鳐摇着他口边那两根短须，装作很老成的样子，说："是谁给你分别的，什么叫人造人间，什么叫自然人间？只有你心里妄生差别便了。我们只有海世间和陆世间的分别，陆世间想你是经历惯的；至于海世间，你只能从想象中理会一点。你们想海里也有女神，五官六感都和你们一样，戴的什么珊瑚、珠贝，披的什么鲛纱、昆布。其实这些东西，在我们这里并非稀奇难得的宝贝。而且一说人的形态便不是神了。我们没有什么神，只有这蔚蓝的盐水是我们生命的根源。可是我们生命所从出的水，于你们反有害处。海水能夺去你们的生命。若说海里有神，你应当崇拜水，无须再造其他的偶像。"

他听得呆了，双手扶着文鳐的帆鳍，请求他领他到海世间去。文鳐笑了，说："我明说水中你是生活不得的，你不怕丢了你的生命么？"

他说："下去一分时间，想是无妨的。我常想着海神的清洁、温柔、娴雅等等美德；又想着海底的花园有许多我不曾见过的生物和景色，恨不得有人领我下去一游。"

文鳐说："没有什么，没有什么，不过是咸而冷的水罢了；海的美丽就是这么简单——冷而咸。你一眼就可以望见了。何必我领你呢？凡美丽的事物，都是这么简单的。你要求它多么繁复、热烈，那就不对了。海世间的生活，你是受不惯的，不如送你回船上去罢。”

那鱼一振鳍，早离了波阜，飞到舷边。他还舍不得回到这真是人造的陆世界来，眼巴巴只怅望着天涯，不信海就是方才所听情况。从他想象里，试要构造些海底世界的光景。他的海中景物真个实现在他梦想中了。

海角的孤星

一走近舷边看浪花怒放的时候，便想起我有一个朋友曾从这样的花丛中隐藏他的形骸。这个印象，就是到世界的末日，我也忘不掉。

这桩事情离现在已经十年了。然而他在我的记忆里却不像那么久远。他是和我一同出海的。新婚的妻子和他同行，他很穷，自己买不起头等舱位。但因新人不惯行旅的缘故，他乐意把平生的蓄积尽量地倾泻出来，为他妻子定了一间头等舱。他在那头等船票的佣人格上填了自己的名字，为的要省些资财。

他在船上哪里像个新郎，简直是妻的奴隶！旁人的议论，他总是不理会的。他没有什么朋友，也不愿意在船上认识什么朋友，因为他觉得同舟中只有一个人配和他说话。这冷僻的情形，凡是带着妻子出门的人都是如此，何况他是个新婚者？

船向着赤道走，他们的热爱，也随着增长了。东方人的念爱本带着几分爆发性，纵然遇着冷气，也不容易收缩。他们要去的地方是槟榔屿附近一个新辟的小埠。下了海船，改乘小舟进去，小河边满是椰子、棕枣和树胶林。轻舟载着一对新人在这神秘的绿阴底下经过，赤道下的阳光又送了他们许多热情、热觉、热血汗。他们更觉得身外无人。

他对新娘说：“这样深茂的林中，正合我们幸运的居处。

我愿意和你永远住在这里。”

新娘说：“这绿得不见天日的林中，只作浪人的坟墓罢了……”

他赶快截住说：“你老是要说不吉利的话！然而在新婚期间，所有不吉利的语言都要变成吉利的。你没念过书，哪里知道这林中的树木所代表的意思。书里说：‘椰子是得子息的徽识树’，因为椰子就是‘迓子’。棕枣是表明爱与和平。树胶要把我们的身体黏得非常牢固，以至于分不开。你看我们在这林中，好像双星悬在鸿濛的穹苍下一般。双星有时被雷电吓得躲藏起来，而我们常要闻见许多歌禽的妙音和无量野花的香味。算来我们比双星还快活多了。”

新娘笑说：“你们念书人的能干只会在女人面前搬唇弄舌罢。好听极了！听你的话语，也可以不用那发妙音的鸟儿了。有了别的声音，倒嫌噪杂咧……可是，我的人哪，设使我一旦死掉，你要怎办呢？”

这一问，真个是平地起雷咧！但不晓得新婚的人何以常要发出这样的问？不错的，死的恐怖，本是和快乐的愿望一齐来的呀。他的眉不由得不皱起来了，酸楚的心却拥出一副笑脸说：“那么，我也可以做个孤星。”

“咦，恐怕孤不了罢。”

“那么，我随着你去，如何？”他不忍看着他的新娘，掉头出去向着流水，两行热泪滴下来，正和船头激成的水珠结合起来。新娘见他如此，自然要后悔，但也不能对她丈夫忏悔，因为这种悲哀的霉菌，众生都曾由母亲的胎里传染下来，谁也没法医治的。她只能说：“得啦，又伤心什么？你不是说我们在这时间里，凡有不吉利的话语，都是吉利的么？你何不当作一种吉利话听？”她笑着，举起丈夫的手，用他的袖口，帮助他擦眼泪。

他急得把妻子的手摔开说：“我自己会擦。我的悲哀不是你所能擦，更不是你用我的手所能灭掉的，你容我哭一会罢。我自己知道很穷，将要养不起你，所以你……”

妻子忙杀了，急掩着他的口说：“你又来了。谁有这样的心思？你要哭，哭你的，不许再往下说了。”

这对相对无言的新夫妇，在沉默中，随着流水湾行，一直驶入林荫深处。自然他们此后定要享受些安泰的生活。然而在那邮件难通的林中，我们何从知道他们的光景？

三年的工夫，一点消息也没有！我以为他们已在林中做了人外的人，也就渐渐把他们忘了。这时，我的旅期已到，买舟从槟榔屿回来。在二等舱上，我遇见一位很熟的旅客。我左右思量，总想不起他的名姓，幸而他还认识我，他一见我便叫我说：“落君，我又和你同船回国了！你还记得我吗？我想我病得这样难看，你决不能想起我是谁。”他说我想不起，我倒想起来了。

我很惊讶，因为他实在是病得很厉害了。我看见他妻子不在身边，只有一个咿哑学舌的小婴孩躺在床上。不用问，也可断定那是他的子息。

他倒把别来的情形给我说了。他说：“自从我们到那里，她就病起来。第二年，她生下这个女孩，就病得更厉害了。唉，幸运只许你空想的！你看她没有和我一同回来，就知道我现在确是成为孤星了。”

我看他憔悴的病容。委实不敢往下动问，但他好像很有精神，愿意把一切的情节都说给我听似的。他说话时，小孩子老不容他畅快地说。没有母亲的孩子，格外爱哭，他又不得不抚慰她。因此，我也不愿意扰他，只说：“另日你精神清爽的时候，我再来和你谈罢。”我说完，就走出来。

那晚上，经过马来海峡，船震荡得很。满船的人，多犯了“海病”。第二天，浪平了。我见管舱的侍者，手忙脚乱地拿着一个麻袋，往他的舱里进去。一问，才知道他已经死了，侍者把他的尸洗净，用细台布裹好，拿了些废铁，几块煤炭，一同放入袋里，缝起来。他的小女儿还不知这是怎么一回事，只咿呀地说了一两句不相干的话。她会叫“爸爸”“我要你抱”“我要那个”等等简单的话。在这时，人们也没工夫理会她、调戏她了，她只独自说自己的。

黄昏一到，他的丧礼，也要预备举行了。侍者把麻袋拿到船后的舷边。烧了些楮钱，口中不晓得念了些什么，念完就把麻袋推入水里。那时船的推进机停了一会，隆隆之声一时也静默了。船中知道这事的人都远远站着看，虽和他没有什么情谊，然而在那时候却不免起敬的。这不是从友谊来的恭敬，本是非常难得，他竟然承受了！

他的海葬礼行过以后，就有许多人谈到他生平的历史和境遇。我也钻入队里去听人家怎样说他。有些人说他妻子怎样好，怎样可爱。他的病完全是因为他妻子的死，积哀所致的。照他的话，他妻子葬在万绿丛中，他却葬在不可测量的碧晶岩里了。

旁边有个印度人，捻着他那一大缕红胡子，笑着说：“女人就是悲哀的萌蘖，谁叫他如此？我们要避掉悲哀，非先避掉女人的纠缠不可。我们常要把小女儿献给（歹壳）迦河神，一来可以得着神惠，二来省得她长大了，又成为一个使人悲哀的恶魔。”

我摇头说：“这只有你们印度人办得到罢了。我们可不愿意这样办。诚然，女人是悲哀的萌蘖，可是我们宁愿悲哀和她同来，也不能不要她。我们宁愿她嫁了才死，虽然使她丈夫悲哀至于死亡，也是好的。要知道丧妻的悲哀是极神圣的悲哀。”

日落了，蔚蓝的天多半被淡薄的晚云涂成灰白色。在云缝中，隐约露出一两颗星星。金星从东边的海涯升起来，由薄云里射出它的光辉。小女孩还和平时一样，不懂得什么是可悲的事。她只顾抱住一个客人的腿，绵软的小手指着空外的金星，说：“星！我要那个！”她那副嬉笑的面庞，迥不像个孤儿。

醍醐天女

相传乐斯迷是从醍醐海升起来的。她是爱神的母亲，是保护世间的大神卫世奴的妻子。印度人一谈到她，便发出非常的钦赞。她的化身依婆罗门人的想象，是不可用算数语言表出的。人想她的存在是遍一切处，遍一切时；然而我生在世间的年纪也不算少了，怎样老见不着她的影儿？我在印度洋上曾将这个疑问向一两个印度朋友说过。他们都笑我没有智慧，在这有情世间活着，还不能辨出人和神的性格来。准陀罗是和我同舟的人，当时他也没有对我说什么，只管凝神向着天际那现吉祥相的海云。

那晚上，他教我和他到舵上的轮机旁边。我们的眼睛都望下看着推进机激成的白浪。准陀罗说：“那么大的洋海，只有这几尺地方，像醍醐海的颜色。”这话又触动我对于乐斯迷的疑问。他本是很喜欢讲故事的，所以我就央求他说一点乐斯迷的故事给我听。

他对着苍忙的洋海，很高兴地发言。“这是我自己的母亲！”在很庄严的言语中，又显出他有资格做个女神的儿子。我倒诧异起来了。他说：“你很以为稀奇么？我给你解释罢。”

我静坐着，听这位自以为乐斯迷儿子的朋友说他父母的故事。

我的家在旁遮普和迦湿弥罗交界地方。那里有很畅茂的森林。我母亲自十三岁就嫁了。那时我父亲不过是十四岁。她每天要同我父亲跑入森林里去，因为她喜欢那些参天的树木，和不羁的野鸟和昆虫的歌舞。他们实在是那森林的心。他们常进去玩，所以树林里的禽兽都和他们很熟悉，鹦鹉衔着果子要吃，一见他们来，立刻放下，发出和悦的声问他们好。孔雀也是如此，常在林中展开它们的尾扇，欢迎他们。小鹿和大象有时嚼着食品走近跟前让他们抚摩。

树林里的路，多半是我父母开的。他们喜欢做开辟道路的人。每逢一条旧路走熟了，他们就想把路边的藤萝荆棘扫除掉，另开一条新路进去。在没有路或不是路的树林里走着，本是非常危险的。他们冒的险多，危险真个教他们遇着了。

我父亲拿着木棍，一面拨，一面往前走；母亲也在后头跟着。他们从一颗满了气根的榕树底下穿过去。乱草中流出一条小溪，水浅而清，可是很急。父亲喊着“看看”！他扶着木棍对母亲说：“真想不到这里头有那么清的流水。我们坐一会玩玩。”

于是他们二人摘了两扇棕榈叶，铺在水边，坐下，四只脚插入水中，任那活流洗濯。

父亲是一时也静不得的。他在不言中，涉过小溪，试要探那边的新地。母亲是女人，比较起来，总软弱一点。有时父亲往前走了很远，她还在歇着，喘不过气来。所以父亲在前头走得多么远，她总不介意。她在叶上坐了许多，只等父亲回来叫她，但天色越来越晚，总不见他来。

催夕阳西下的鸟歌。兽吼，一阵阵地兴起了，母亲慌慌张张涉过水去找父亲。她从藤萝的断处，丛莽的倾倒处，或林樾的婆娑处找寻，在万绿底下，黑暗格外来得快。这时，只剩下几点萤火和叶外的霞光照顾着这位森林的女人。她的身体虽然弱，她的胆却是壮的。她一见父亲倒在地上，凝血聚在身边，立即走过去。她见父亲的脚还在流血，急解下自己的外衣在他腿上紧紧地绞。血果然止住，但父亲已在死的门外候着了。

母亲这时虽然无力也得驮着父亲走。她以为躺在这用虎豹做看护的森林病床上，倒不如早些离开为妙。在一所没有路的新地，想要安易地回到家里，虽不致如煮沙成饭那么难，可也不容易。母亲好容易把父亲驮过小溪，但找来找去总找不着原路。她知道在急忙中走错了道，就住步四围张望，在无意间把父亲撩在地上，自己来回地找路。她心越乱，路越迷，怎样也找不着。回到父亲身边，夜幕已渐次落下来了！她想无论如何，不能在林里过夜，总得把父亲驮出来。不幸这次她的力量完全丢了，怎么也举父亲不起，这教她进退两难了。守着呢？丈夫的伤势像很沉重，夜来若再遇见毒蛇猛兽，那就同归于尽了。走呢？自己一个不忍不得离开。绞尽脑髓，终不能想出何等妙计。最后她决定自己一个人找路出来。她摘了好些叶子，折了好些小树枝把父亲遮盖着。用了一刻工夫，居然堆成一丛小林。她手里另抱着许多合欢叶，走几步就放下一技，有时插在别的树叶下，有时结在草上，有时塞在树皮里，为要做回来的路标。她走了五六百步，一弯新月正压眉梢，距离不远，已隐约可以看见些村屋。

她出了林，往有房屋的地方走，可惜这不是我们的村，也不是邻舍。是树林另一方面的村庄，我母亲不曾到过的。那时已经八九点了。村人怕野兽，早都关了门。她拍手求救，总不见有慷慨出来帮助的。她跑到村后，挨那篱笆向里瞻望。

那一家的篱笆里，在淡月中可以看见两三个男子坐在树下吸烟、闲谈。母亲合着掌从篱外伸进去，求他们说："诸位好邻人，赶快帮助我到树林里，扶我丈夫出来罢。"男子们听见篱外发出哀求的声，不由得走近看看。母亲接着央求他们说："我丈夫在树林里，负伤很重，你们能帮助我进去把他扶出来么?"内中有个多髭的人问母亲说："天色这么晚，你怎么知道你丈夫在树林里?"母亲回答说："我是从树林出来的。我和他一同进去，他在中途负伤。"

几个男子好像审案一般，这个一言，那个一语，只顾盘问。有一个说："既然你和他一同进去，为什么不会扶他出来?"有一个说："你看她连外衣也没穿，哪里像是出去玩的样子！想是在林中另有别的事罢。"又有一个说："女人的话信不得。她不晓得是个什么人。哪有一个女人，昏夜从树林跑出的道理?"

在昏夜中，女人的话有时很有力量，有时她的声音直像向没有空气的地方发出，人家总不理会。我母亲用尽一个善女人所能说的话对他们解释，争奈那班心硬的男子们都觉得她在那里饶舌。她最好的方法，只有离开那里。

她心中惦念林中的父亲，说话本有几分恍惚，再加上那几个男子的抢白，更是羞急万分。她实在不认得道回家，纵然认得，也未必敢走。左右思量，还是回到树林里去。

在向着树林的归途中，朝霞已从后面照着她了。她在一个道途不熟的黑夜里，移步固然很慢，而废路又走了不少，绕了几个弯，有时还回到原处。这一夜的步行，足够疲乏了。她踱到人家一所菜圃，那里有一张空凳子，她顾不得什么，只管坐下。

不一会，出来一个七八岁的孩子，定睛看着她，好像很诧异似的。母亲知道他是这里的小主人，就很恭敬地对他说明。孩子的心比那般男子好多了。他对母亲说："我背着我妈同你去罢。我们牢里有一匹母牛，天天我们要从它那榨出些奶子，现在我正要牵它出来。你候一候罢，我教它让你骑着走，因为你乏了。"孩子牵牛出来，也不榨奶，只让母亲骑着，在朝阳下，随着路标走入林中。

母亲在牛背上，眼看快到父亲身边了。昨夜所堆的叶子，一叶也没剩下。精神慌张的人，连大象站在旁边也不理会，真奇怪呀！她起先很害怕，以为父亲的身体也同叶子一同消灭了。后来看见那只和他们很要好的象正在咀嚼夜间她所预备的叶子，心才安然一些。

下了牛背，孩子扶她到父亲安卧的地方，但是人已不在了。这一吓，非同小可，简直把她苦得欲死不得。孩子的眼快一点，心地又很安宁，父亲一下子就让他找到了。他指着那边树根上那人说："那个是不是？"母亲一看，速速地扶着他走过去。

母亲喜出望外，问说："你什么时候醒过来的？怎么看见我们来了，也不作一声？"

父亲没有回答她的话，只说："我渴得很。"

孩子抢着说："挤些奶子他喝。"他摘一片光面的叶子到母牛腹下挤了些来给父亲喝。

父亲的精神渐次回复了，对母亲说：“我是被大象摇醒的。醒来不见你，只见它在旁边，吃叶子。为何这里有那么些叶子？是你预备的罢……我记得昨天受伤的地方不是在这里。”

母亲把情形告诉他，又问他为何伤得那么厉害。他说是无意中触着毒刺，折入胫里，他一拔出来血就随着流，不忍教母亲知道，打算自己治好再出来。谁知越治血流得越多，至于晕过去，醒来才知道替他止血的还是母亲。

父亲知道白母牛是孩子的，就对他说了些感谢的话，也感激母亲说：“若不是你去带这匹母牛来，恐怕今早我也起不来。”

母亲很诚恳地回答：“溪水也可以喝的，早知道你要醒过来，我当然不忍离开你。真对不住你了。”

“谁是先知呢？刚才给我喝的奶子，实在胜过天上醍醐，多亏你替我找来！”父亲说时，挺着身子想要起来，可是他的气力很弱，动弹得不大灵敏。母亲向孩子借了母牛让父亲骑着。于是孩子先告辞回去了。

父亲赞美她的忠心，说她比醍醐海出来的乐斯迷更好，母亲那时也觉得昨晚上备受苦辱，该得父亲的赞美的。她也很得意地说：“权当我为乐斯迷罢！”自那时以后，父亲常叫她做乐斯迷。